Step Sister

Tome 2
Une année pour tout recommencer

Avril Morgan

STEP SISTER

Tome 2 :

UNE ANNÉE POUR TOUT RECOMMENCER

Avril Morgan

www.soromance.com

Chapitre 1

Maintenant

Mes paupières s'ouvrent avec difficulté. Quand j'arrive enfin, mes yeux se posent sur ma mère. Elle est penchée sur moi. Sa main est sur mon épaule. Je tourne la tête et remarque que je suis toujours à côté d'Amber, sur le canapé et que cette dernière est toujours endormie.

— Ton téléphone sonne depuis plusieurs minutes. La personne semble insister.

Je sors du canapé, ce qui réveille ma demi-sœur. Elle me sourit, tandis que notre mère nous observe chacun à notre tour. Elle ne semble se douter de rien. Fort heureusement. Elle finit par se détourner de nous et gagner la cuisine. Sur l'horloge accrochée au mur, il est trois heures trente-sept de l'après-midi.

J'avance jusqu'à ma sacoche. Mes doigts attrapent fébrilement mon cellulaire. Il sonne toujours. J'ai la surprise de voir le nom de mon ex Amélie.

— Gabriel !

— Qu'est-ce que tu veux ?

Un court instant passe, sans qu'elle ne réponde. Comme si elle cherchait ses mots.

— J'ai fait une erreur, mon cœur.

À quoi joue-t-elle, bon sang ? Elle n'a jamais aimé me donner des surnoms !

— Arrête tes bêtises, soupiré-je, agacé.

Est-elle tombée sur la tête ? Je ne vais pas me faire avoir à nouveau. Je ne suis pas idiot.

Une main dans mes cheveux, je me gratte le cuir chevelu, perdu. Il faut beaucoup de culot pour appeler son ex après l'avoir largué comme une merde !

Je me tourne et vois ma demi-sœur m'observer. Amber attrape son manteau, met ses bottes de neige et m'annonce qu'elle va marcher un peu. En même temps, Amélie m'annonce quelque chose qui m'arrache un rictus.

— Je veux que tu reviennes à l'appartement et que tu me pardonnes. J'avais besoin de réfléchir. Je t'ai menti pour la grossesse. Je ne prenais pas la pilule. Je...

— Non, l'arrêté-je, simplement et en souriant. Je ne suis plus intéressé par toi. Ne me mens pas. Tu m'as trahi. Je sais que tu étais avec moi pour mon argent. Depuis le début. Maintenant, c'est terminé entre nous deux. Je suis sûr que ton copain t'offrira ce que tu désires, à toi et à votre enfant.

À mes mots, je l'entends ruminer à l'autre bout du fil. Sûrement mécontente que je ne cède pas.

— Tu n'es vraiment qu'un connard, lance-t-elle aigrement.

— Et toi, une salope qui s'amuse avec les hommes pour leur argent.

Oups. Je n'ai pas pu m'en empêcher. C'est parti tout seul. Tant pis, elle n'a que ce qu'elle mérite. Sans lui laisser le temps de répondre, je raccroche et range mon téléphone.

Maintenant, je veux trouver Amber. Elle n'a pas dû aller bien loin. Je quitte donc la maison et fais le tour de la propriété. Derrière, il n'y a que la piscine enneigée. Je ne la trouve pas. Je commence à me demander si elle n'est pas tout simplement partie dans la rue.

J'entre dans le garage et allume la lumière. Il y a la voiture de mes parents. Une voiture noire magnifique.

J'inspecte la pièce. Elle n'est pas là non plus là. C'est alors que je remarque ma moto. J'accours jusqu'à elle et soulève la bâche. Je souris béatement. Elle est intacte et n'a pas bougé. Je la touche comme si c'était la première fois que je la voyais. Elle m'a manqué. J'ai toujours aimé monter dessus et rouler. Je me sentais libre, je pouvais aller où je voulais. Malheureusement, Amélie n'avait pas compris ma passion. Pour elle, c'était beaucoup trop dangereux. Elle ne voulait pas voir ce véhicule.

Je retourne à la maison, par la porte qui mène au salon. Je trouve ma mère avec Amber et Nathanaël. Elles ne parlent pas et mettent la table. Elles vont boire leurs café et chocolat. Quant au petit, il semble goûter des biscuits au chocolat. Les mêmes que je prenais étant petit. Ça fout un coup de voir ça. Je détourne les yeux, encore une fois, incapable de soutenir cette vision. Jade s'en aperçoit. Elle glisse ses yeux entre le gamin et moi plusieurs fois en fronçant les sourcils.

Oui, oui, je sais. Je ne suis pas bien avec lui. Je suis inapte à lui faire face. Il va finir par se demander si je ne suis pas méchant !

— Amber, l'interpellé-je. Tu veux venir faire un tour de moto avec moi ?

Cette dernière relève la tête vers moi. Elle semble hésiter.

— Oh, c'est une bonne idée, fait ma mère. Vous pourrez rattraper le temps perdu.

Oh, on n'a pas besoin d'une balade pour ça, maman, me souffle ma conscience.

Amber finit par accepter. C'était sans compter sur l'aide de ma belle-mère. Elle a promis de bien s'occuper du petit pendant notre absence. Je n'en doute pas une seconde. Elle saura cent fois mieux y faire que moi !

Amber met son manteau et me suis jusqu'au garage. Un large sourire étire mes lèvres. J'ai l'impression d'être comme avant. Je monte sur la moto et la démarre. Amber monte derrière moi et s'accroche après avoir mis son casque. J'ai aussi mis le mien. Avant, je le mettais rarement, mais je n'ai pas envie qu'il arrive quelque chose.

Je roule et sors par le portail que notre mère a ouvert. Elle nous salue et nous dit d'en profiter, jusqu'à ce que nous soyons trop loin pour l'entendre. Amber resserre sa prise. Sa tête est contre mon omoplate. J'ai toujours aimé la sentir ainsi, proche de moi. Je regrette même que nous soyons habillés et qu'il neige. Faire du peau à peau est incroyable, sans même coucher ensemble.

Mais qu'est-ce que je dis, moi ? Je n'arrive même pas à me contrôler collé contre elle ! Si elle s'en rend compte, elle va se foutre de moi.

Je passe devant la boulangerie fermée. Il s'est arrêté de neiger. La route est plus ou moins déneigée. Ils ont dû mettre du sel, comme chaque hiver. Je fais très attention à ne pas rouler sur des plaques de gel et les endroits où il y a de la neige.

J'arrive à notre ancien lycée. Une profonde mélancolie me gagne. Rien n'a changé. Il y a juste de la neige. Je me gare un peu plus loin et mets l'antivol. J'aide Amber à descendre. Elle n'a toujours pas dit un mot depuis que nous sommes partis. Comme si elle ne voulait pas être avec moi. Ou comme si elle avait peur.

Nous avançons jusqu'au bâtiment fermé, car c'est les vacances. Amber s'avance la première vers les portes. Elle tente de l'ouvrir, alors que je reste en retrait et l'observe.

Et si j'avais tout loupé ? Et si j'étais passé à côté de ma vie ? Et si... non. Je n'ai pas le droit de penser à ça.

Je sais pertinemment que je lutte depuis longtemps contre ça. Je ne vais quand même pas tout foutre en l'air à cause d'un simple Noël ? Noël où j'ai tout perdu. Ma copine, mon appartement. Mais je n'ai pas perdu ma famille, je l'ai retrouvée. J'ai même gagné un neveu !

J'examine cet endroit. Il s'est passé tellement de choses. Sur ce parking, j'ai perdu mes potes. J'ai passé la porte pour la première fois dans un costume noir pour le bal de fin d'année. Je n'avais jamais vraiment aimé les costumes. Puis, quand j'ai vu que certaines femmes observaient les hommes pour ça, j'ai trouvé que ça avait plutôt du bon d'être élégant. J'ai aussi connu mon premier baiser sur ma moto avec Amélie. Nous étions sur le parking, tout timide. J'ai même vécu ma première rupture dans le hall du lycée, où il y a les casiers.

Ambre se tourne vers moi. Son visage est dénué de tout sentiment, mais elle me fixe, les yeux humides. À croire qu'elle a versé quelques larmes.

— Elle t'a dit quoi, ton ex ?

Je reste figé sur place, ne sachant pas comment réagir à sa question pourtant innocente. Pour moi, elle a une tout autre connotation. Elle semble jalouse, ou alors je me fais des idées.

— Elle voulait que je revienne et que je lui pardonne, réponds-je.

Amber ne me lâche pas des yeux. Elle ouvre la bouche, mais aucun son ne sort. Elle la referme et hoche de la tête de haut en bas.

— OK... et tu lui as dit quoi ?

— Que je ne suis pas intéressé par elle et que je ne la crois plus.

— Ah...

— Elle l'a mal pris et m'a insulté de connard.

Elle souffle et se colle contre les portes du lycée.

— Et c'est vrai ? Tu as compris qu'elle se jouait de toi ? Si tu n'es plus intéressé par elle... par qui l'es-tu ?

Rapidement, je sais où elle veut en venir. Elle veut que je dise que je suis intéressé par elle. Mon cœur loupe un battement, quand nos regards se croisent. Elle me sourit timidement.

— Je... Ouais, j'ai compris. Et heu... personne. Je n'ai aucune nouvelle personne en vue.

Aucune nouvelle personne, souffle ma conscience. Mais une ancienne, non ? Gabriel, tu sais bien qu'elle te fait de l'effet depuis que tu l'as revu ! Arrête de tenter de fuir.

Je grogne, ce qui l'étonne. Je grogne pour moi, contre mes pensées. Je m'insulte intérieurement et tente de le cacher à ma sœur. Cette dernière se décolle du mur et s'approche de moi. À ma hauteur, ses mains viennent vers mon visage. Elle les passe autour de mon cou. Ses lèvres se déposent sur les miennes. Je reste interdis, non pas parce qu'elle m'embrasse, mais parce que j'ai la sensation que mon corps attend ça depuis longtemps, parce que je réponds à son doux baiser. Je ne devrais pas, je devrais la repousser et lui dire que c'est mal. Sauf que je ne le fais pas. Car je n'en ai pas du tout envie.

Je veux la sentir tout contre moi. Sentir son parfum, sa langue s'amuser avec la mienne. Je la veux et ça me déstabilise sérieusement.

Alors que je m'apprête à la serrer contre moi, Amber s'écarte. Elle reprend son souffle, la tête baissée. Je peux voir sa poitrine se soulever, comme si elle avait couru un marathon. Il doit en être de même pour moi. Je sens mon sang pulsé dans mes veines. Mes joues sont écarlates.

— Excuse-moi, chuchote-t-elle. Je ne sais pas ce qu'il m'a pris.

Je n'ai pas le temps de lui parler qu'elle se précipite vers le parking. Elle marche d'un pas rapide jusqu'à ma moto qui se trouve beaucoup plus loin. Je la suis et la mate ouvertement en train de se dandiner. Je souris. Tout aurait été si facile si nous n'étions pas demi-frère et demi-sœur. Ouais, mais voilà, cela aurait voulu dire que ma mère et ma sœur ne seraient pas mortes. Que jamais mon père n'aurait rencontré et fait sa vie avec Jade. Et donc que jamais je n'aurais croisé la route d'Amber.

Elle se stoppe et attend que j'arrive. J'enlève l'antivol et le range dans le sac prévu à cet effet. Je me redresse. J'aimerais tellement me pencher vers elle et l'embrasser. Lui prouver qu'on a une chance. Mais pour cela, je devrais ne plus la voir comme ma demi-sœur. Enfin, faire croire que je la vois en tant que tel. Car cela fait bien longtemps que, pour moi, elle est bien plus que ça. Je sais que, même au collège, je la prenais plus pour une meilleure amie. Demi-sœur, c'était pour la forme, pour laisser une barrière entre nous, devant notre famille. C'est sûrement ça. C'est leur regard qui m'empêche de faire ce que je désire.

Je devrais en parler avec nos parents, leur annoncer que j'ai pris une décision importante. Je me vois déjà mal à l'aise, en train de leur annoncer que je suis en couple avec Amber, ce qui est complètement stupide. Nous avons seulement couché ensemble et nous nous sommes juste embrassés. Cela ne veut pas dire que nous sommes ensemble.

Non, je ne pense pas aimer Amber comme j'aimerais une petite amie. Oui, ce n'est probablement que physique. Rien de plus. C'est ce que je me dis en boucle depuis des années et des années. Si je n'avais pas ses deux maudites phrases, il y a longtemps que je lui aurais avoué !

Je secoue ma tête. J'ai failli faire une bêtise. Et Amber l'a bien remarqué, car elle sourit. Je fuis son regard et me tourne pour enjamber ma moto. Je sens alors Amber rire et quelques secondes après, je sens qu'on me touche les fesses. Elle n'a quand même pas osé ? Hébété, la bouche ouverte, je me retourne.

— Tu es sérieuse ?

— Ouaip, désolée... j'avais trop envie de t'embêter. Et puis, tu avais de la neige...

Si elle veut jouer, alors elle va me trouver, mais pas maintenant, je suis patient. Je lui rendrai la pareille quand elle s'y attendra le moins.

Chapitre 2

De retour à la maison, notre mère nous demande si tout s'est bien passé. Elle a eu quand même peur qu'il nous arrive quelque chose sur la route avec la neige. J'ai pris le temps de lui dire que les agents de la DDT avaient déneigé.

Cela fait maintenant dix minutes qu'elle tente de nous faire rester dormir ici ce soir. Je lui ai répété que je ne pouvais pas. Pourquoi ? Car j'aimerais récupérer le reste de mes affaires, avant qu'Amélie ne les mette à la poubelle par vengeance. Je suis certain qu'elle est capable de tout. Je n'ai pas tout pris, sinon cela aurait fait suspect. J'ai donc laissé mes objets, dossiers, vêtements.

Amber finit par craquer et accepte. Il faut dire que notre mère est très forte. Comme un pitbull, elle ne lâche pas sa proie jusqu'à ce que celle-ci finisse par céder... ou mourir.

Le regard de ma mère se pose sur moi. Elle me sourit, comme si elle savait qu'elle avait déjà gagné la bataille.

— Non, refusé-je. Je ne reste pas.

— Gabriel ! Fais un petit effort. De toute façon, nous allons fermer les portes à clé.

— Ce n'est pas du jeu ça. Toi qui nous as appris à ne pas tricher. Il est beau l'exemple !

Mes parents se mettent à rire. Amber lève les yeux au ciel et s'assoit sur sa chaise. Son fils glisse sur ses jambes et entoure sa nuque de ses petits bras. Sa petite voix s'élève. Il demande à Amber s'il peut aller jouer dehors. Elle observe la fenêtre et finit par accepter. Le petit lance un cri de joie et court au hall d'entrée. La scène est très drôle. Sans même se retourner, il sort une fois son manteau sur le dos et ses bottes aux pieds.

Le silence perdure. Nous nous dévisageons un à un.

Si je me souviens bien, je dois encore me venger de ce qu'elle m'a fait il y a moins d'une heure. Et pour cela, j'ai tout prévu !

— Bon, Gabriel, tonne la voix de mon père. Tu restes et ce n'est pas discutable !

— OK, mais seulement si je peux... emmener Amber manger avec moi ce soir.

Je parle lentement, comme si j'ai peur d'éveiller des soupçons.

— Mmh... vous êtes grands et majeurs... Je n'y vois pas d'inconvénient.

Ma mère nous donne donc son accord. Je n'ai même pas demandé l'avis de ma sœur. Ce soir, nos parents pourront être tranquilles, et je pourrai parler avec Amber sans avoir peur qu'ils entendent notre conversation. Quant au petit, bien sûr, il va devoir venir avec nous. Il ne posera aucun problème. À son âge, il ne comprendra pas grand-chose.

— Amber, tu as moins de deux heures pour te préparer, déclaré-je. Le gamin aura juste à se changer.

Ses paupières se plissent.

— Heu... on va où ? me demande-t-elle.

— Il y a la patinoire d'ouverte... Puis, on ira manger dans un restaurant. Nous ne renterons probablement pas tard.

Les yeux de ma sœur s'illuminent. Je sais bien qu'elle aime faire de la patinoire. Tout excitée, elle se précipite à l'escalier. Je la suis du regard et vois qu'elle saute deux marches par deux. Là, j'ai vraiment la sensation de l'avoir retrouvé. Petite, innocente et toujours heureuse.

— On peut garder Nathanaël, m'annonce ma mère.

Je la remercie, content, et monte à mon tour pour me changer. Avant, je toque à la porte d'Amber, qu'elle ouvre quelques secondes après. Seul son visage se met entre la porte et l'encadrement de cette dernière. Je devine qu'elle était déjà en train de tester des vêtements.

— Prend aussi une tenue pour le restaurant, lui dis-je. Tu te changeras dans les vestiaires de la patinoire. Et Papa et Maman gardent le petit. Donc on sera... tranquilles.

Tranquilles. Bravo ! Elle va croire que je désire me débarrasser du môme. Ce qui n'est pas vraiment faux. À mes yeux, je ne l'accepte pas encore. Moi, tonton ? C'est surréaliste ! J'ai la sensation qu'il met une barrière entre Amber et moi.

Elle hoche la tête, les lèvres étirées et me remercie, avant de refermer la porte de sa chambre. Je vais alors dans la mienne, ravi. La voir ainsi est ce qu'il y a de mieux.

Lorsque je suis habillé, un costume noir dans un sac pour la fin de la soirée, je m'en vais attendre Amber en bas. Mon père est seul dans le salon. Il est assis sur son canapé et regarde les informations.

— Papa... commencé-je, en venant me mettre près de lui.

— Quoi ?

— Tu es content... je veux dire, tu es content de cette vie ? D'avoir épousé Jade et d'avoir accepté Amber ?

Il met le son en silencieux et tourne son visage fermé sur moi. Il semble essayer de me comprendre, de comprendre mes questions.

— Oui, je suis très content de ma famille.

J'esquisse un sourire et m'assois sur l'accoudoir du canapé.

— Et maman et Laure...

— Il est vrai qu'elles me manquent. Maintenant, j'ai une fille et une femme que j'aime plus que tout au monde... Et je t'ai toi, mon fils. Puis, je suis aussi grand-père.

C'est à ce moment-là que ma mère sort de la cuisine. Je me mets droit comme un I et regarde la télé. Nous n'osons pas trop parler de ma mère biologique et ma sœur devant elle. Nous avons toujours eu peur de les blesser, elle et Amber.

Elle se met entre nous et la télé, les mains sur les hanches. Ses yeux sont posés sur moi. Étrangement, elle n'a pas l'air furieuse, mais plutôt amusée.

— Gabriel... dit-elle en souriant. Je me posais des questions... sur toi et Amber.

Je lance un coup d'œil à mon père. Il pince ses lèvres, avant de baisser ses yeux.

— Ce n'est pas méchant, fait-il. Il y a juste des choses qui ne passent pas inaperçues.

Je souffle. Je sais déjà qu'ils vont me parler d'Amélie. C'est toujours elle le problème, depuis le début de notre relation.

— Et puis il y a les preuves... ajoute-t-elle.

— Heu, lesquelles ?

Je commence à m'inquiéter. Mon cœur palpite sous ma cage thoracique. Mais de quoi parlent-ils ?

— Nous avons trouvé des photos...

Mon père se tait. J'écarquille les yeux, étonné. Je me lève et me recule. Si j'ai juste et que nous parlons des mêmes photos, alors nous sommes dans la merde. Ils ne devraient jamais avoir trouvé ses images ! Comment ont-ils fait ? Ils ont fouillé dans les affaires d'Amber ? Il n'y a qu'elle qui les a gardées... enfin, à ce que je comprends. Je pensais qu'elle les avait brûlées ! Les ont-ils récupérées avant qu'elle n'en ait eu le temps ?

— Gabriel, nous ne sommes pas fâchés ! fait mon père, d'une voix beaucoup plus douce qu'à son habitude.

— Oui, nous voulions juste savoir ce que nous avons loupé pour ne pas remarquer que vous... enfin... ce qui est d'ailleurs très étrange de votre part. Jamais je n'aurais pu imaginer ça, personnellement.

Elle jette un coup d'œil à son mari, tentant de savoir si c'est aussi son cas. Il hoche la tête.

— C'était... un jeu, mens-je. C'était avant. Il ne s'est rien passé. C'est ma demi-sœur !

Je peux peut-être essayer de nous sauver. Je n'ai pas du tout envie d'avoir cette conversation avec eux maintenant. Ils vont gâcher notre soirée.

S'ils n'ont pas vu toutes les photos, alors nous pouvons nous en sortir !

— Un jeu ? fait Jade, agacée. Toi et Amber nus en train de vous embrasser ? C'était un jeu, tu en es sûr ? On ne joue pas à ce genre de jeu au lycée et encore moins entre frère et sœur !

Je ne sais pas quoi répondre à ça. OK, je n'aurais jamais dû nous prendre en photo. Au début, c'était juste elle. Ses yeux, ses cheveux, ses lèvres. Pour lui prouver que tout chez elle était magnifique. Puis, ça a dérapé.

— Jade, chérie... Ils n'ont pas le même sang, réplique mon père. Et tu as adopté Amber... Donc... ils sont libres de faire ce qu'ils veulent. Puis, nous aurions pu nous en rendre compte à la façon dont ils se comportaient ensemble. Ils ont toujours été très fusionnels.

Je secoue la tête. Je n'ai pas envie de leur parler de ça.

— Nous...

C'est là qu'Amber débarque dans le salon. Elle est en jean noir et avec un gros pull rouge. Ça va très bien avec sa pâleur et ses cheveux noirs. Elle nous regarde en souriant, ne sachant pas du tout ce qu'il se passe ici. Et heureusement, car Amber ne sait pas vraiment garder un secret. Elle serait capable de dire « *oh, nous avons juste couché ensemble. Rien de bien grave!* » et c'est exactement ce qu'il ne faut pas dire.

— Je suis prête ! s'exclame-t-elle, en s'approchant de moi.

Je garde la tête haute et lui souris. Je pourrais la complimenter, mais maintenant ce n'est sûrement pas une bonne idée. Nos parents risquent de mal interpréter ça.

— Nous y allons donc...

Je grimace devant la mine de mes parents. Ils s'attendent à ce que je réponde à leurs questions. Il en est hors de question. Il vaut mieux pour eux et pour Amber.

— Oui, on ne rentrera pas tard, affirme Amber.

Nous nous saluons, tranquillement. Nous enfilons alors nos manteaux et nos chaussures. Prêts, nous sortons par la porte et nous dirigeons vers le portail. Avant de partir, Amber va voir son fils pour lui dire que ses grands-parents vont s'occuper de lui. Il ne bronche pas, occupé à détruire le bonhomme de neige.

Il est bien évident que nous allons prendre ma voiture. Étrangement, Damien est parti à pieds. Je ne sais pas où il est allé, mais le mieux, c'est qu'il est parti. Peut-être a-t-il appelé sa femme ? Sûrement !

Amber se met à la portière côté chauffeur. Elle tente de me piquer les clés pour conduire.

— C'est moi qui conduis, lui dis-je.

— Allez, j'ai envie de conduire !

Je refuse de la tête.

— S'il te plaît, m'implore-t-elle.

— Non, désolé. Tu pourras la conduire demain si tu veux...

— Tu as peur que quoi ? Que je l'abîme ?

Je fais mine de réfléchir. Non, je n'ai pas peur de ça.

— Mmh... peut-être. Non, nous sommes le lendemain du réveillon. Épargne-moi ça, je t'en prie.

Elle râle, mais sait bien que je ne changerai pas d'avis. Elle fait le tour de la voiture et s'installe du côté passager. Je me glisse sur le siège, m'attache et démarre le véhicule.

J'ai une question qui me brûle les lèvres. Je ne sais pas comment aborder le sujet sans l'agacer ou que cela mette un terme à notre bonne humeur.

— Amber... commencé-je, timidement.

— Oui ?

— Les photos... tu en as fait quoi ?

Son visage, qui était jusqu'alors tourné vers la vitre, glisse sur moi. Je vois du coin de l'œil qu'elle me scrute.

— Je... je crois que je les ai mises à la poubelle.

Ou pas ! Je garde mon calme et tente de me contrôler. Je souffle plusieurs fois pour évacuer le stress.

— D'accord... et la vidéo ?

Elle laisse échapper un grand cri d'étonnement.

— Heu... merde, je croyais que c'était toi qui l'avais !

Je secoue la tête.

— Amber ! Tu as tout gardé ! Tu devais t'en débarrasser ! Imagine qu'ils soient tombés dessus ? S'ils ont vu la vidéo... nous sommes foutus...

Je vois ses doigts se triturer. Ses mains sont posées sur ses cuisses. Elle s'excuse à plusieurs reprises. Je conduis lentement et prudemment. Je ne veux pas avoir d'accident et risquer la vie de ma demi-sœur. Pas elle. Ma main droite vient serrer la sienne en signe de soutien. Je ne lui en veux pas. Je les avais aussi oubliées. Je suis donc aussi coupable.

— Je ne sais vraiment pas où j'ai pu mettre la vidéo... Tu sais, il s'est passé tellement de choses quand tu es parti avec Amélie.

— Dis-moi tout.

Je repose ma main sur le champignon et change de vitesse. Je connais très bien le chemin. J'y suis allé plusieurs fois avec Amber dans le passé. C'était notre activité du samedi, quand nous n'avions rien à faire.

— Bah, déjà pendant les vacances... j'ai rencontré un homme très gentil et doux. Enfin bref, puis il y a eu Holly... qui est passé à la maison pour discuter. Nous nous sommes disputées et je ne l'ai plus jamais recroisée. Enfin, il s'est passé des tas de choses. On a le temps.

— Tu es sortie combien de temps avec cet homme ?

Il n'y a que ça qui m'intéresse. Savoir combien de temps elle a passé avec un autre. À m'entendre, j'ai l'impression d'être jaloux !

— Jusqu'à ce que j'apprenne sa mort, me répond-elle.

Je pince mes lèvres. Boulette de ma part. Je ne sais pas quoi lui répondre. J'ai mis les pieds dans le plat comme un con.

Heureusement, nous arrivons à l'une de mes patinoires favorites de Lyon. Je me gare sur le parking. Nous nous rendons à l'intérieur dans un silence inquiétant.

J'ai envie de nous épargner une dispute sur les photos et la vidéo que nous avions faites. Tout ce qui m'importe maintenant, c'est de profiter avec elle.

Nous nous dirigeons sans perdre de temps vers l'accueil. Après que tout soit en règle, nous passons aux vestiaires. Il y a un peu moins de monde que ce que j'imaginais. Je me dépêche et retrouve Amber, déjà prête. Sans dire un seul mot, nous allons sur la piste. Je dois avouer que je suis totalement stressé. Je n'en ai pas fait depuis longtemps. J'ai peur de tomber, de me faire mal et, surtout, de me rendre ridicule. Là, c'est ma fierté de mâle qui prend le dessus. Je n'ai pas intérêt à me louper, sinon je vais en entendre parler jusqu'à la fin à tous les Noëls.

Elle rentre la première sur la piste. Amber semble tout à fait à l'aise, alors que je suis le contraire. Mais pourquoi ai-je eu cette maudite idée ? Je ne pouvais pas lui proposer d'aller se balader ou juste aller au restaurant ? Pourquoi la patinoire, où je n'ai plus été depuis six ans ? Parce que je suis stupide, que je n'ai pas réfléchi et que j'ai probablement voulu lui montrer que je n'avais pas changé.

Amber se tourne vers moi. Ses yeux bleus m'examinent rapidement, puis elle approche sa main de moi. Je n'hésite pas une seconde. Je la serre et la suis. Un pied devant l'autre, je glisse sur la glace en faisant attention. Nous évitons les couples de justesse. Un gamin fonce sur moi. Je hausse des sourcils et tente de m'écarter. Avant d'arriver à ma hauteur, il dévie sur la gauche en riant. Je me décontracte. Je risque de faire une attaque avant la fin de la soirée.

Nous patinons tranquillement. Toutes mes peurs se sont envolées. Je me sens bien sur la piste. Je pourrais même faire des mouvements comme les patineurs professionnels. Ou pas. Enfin, sauf si je désire finir la soirée à l'hôpital en morceaux... Un puzzle pour les médecins. Je suis sûr qu'ils vont adorer. Le premier qui me remet en état sans avoir oublié une pièce gagne le droit de ne pas se retrouver poursuivi par ma famille pour incompétence professionnelle !

Nous faisons une pause et nous mettons dans un coin. Nous observons les autres patiner, jusqu'à ce que je la vois se rapprocher de moi. Elle se blottit dans mes bras que je resserre autour d'elle. C'est alors que j'entends son ventre gargouiller. Elle se met à rire nerveusement et s'écarte de moi.

— Désolée, s'excuse-t-elle.

— Ne t'inquiète pas, on peut aller au restaurant.

*

Amber s'assoit en face de moi. Elle me sourit. Nous reprenons là où nous en étions avant qu'elle ne s'éclipse aux toilettes. Nous terminons notre plat chaud et nous parlons de tout et de rien. Elle m'a avoué qu'elle avait besoin de sortir pour une fois sans son fils. Elle l'aime plus que tout, mais elle a besoin de sortir seule.

Elle avait la possibilité de laisser son fils à la famille de son défunt copain. Ils ont insisté, mais elle a refusé. Elle savait qu'ils lui auraient fait des critiques. Ses ex-beaux-parents n'arrêtent pas de lui rabâcher comme quoi ils sont tristes pour leur fils. Ils disent que Nathanaël ressemble à son père. Ils critiquent même la manière dont elle l'habille et dont elle l'élève seule ! Cette année, elle en a eu marre. Elle ne voulait pas les voir ne serait-ce qu'une seule minute.

Elle m'a dit pas mal de choses sur ce petit. Déjà, il est toujours souriant. Il aime jouer aux voitures et aux dinosaures. Il lui arrive même de dire des gros mots. Chose qu'Amber n'aime pas et que ses ex-beaux-parents trouvent toujours à critiquer. Pour eux, elle est l'unique fautive de la façon de parler de Nathanaël. Elle pense même qu'ils lui en veulent pour la mort de leur fils.

Elle avait besoin de s'aérer, de prendre un peu de temps pour elle. Étrangement, je n'arrive pas à la voir avec un enfant. Elle n'a pas l'allure d'une mère. Ou alors, je n'ai pas envie de la voir en tant que telle.

Nous passons au dessert. Il est vrai que j'aurais pu inviter mes parents et le gamin. Cela ne m'a même pas traversé l'esprit. Je me rattraperai un peu plus tard. Je ne peux m'empêcher de penser, malgré moi, aux photos. Ils doivent être en train d'en parler. Il faudrait que j'en parle à Amber. Elle doit savoir.

— Princesse...

Je me tais. Je ne sais pas du tout comment formuler mes phrases. Je ne veux pas la choquer ou la blesser.

— Oui ?

Elle pose son regard timide sur moi, avant de les baisser sur sa mousse au chocolat vide.

— Nos parents m'ont parlé avant que tu ne descendes pour sortir avec moi. Ils m'ont dit... qu'ils ont trouvé les photos.

Je pince mes lèvres et examine sa réaction. Elle est abasourdie par ma révélation.

— Quoi ? Tu... tu es sérieux ?

— Oui, ils se demandent s'il ne se passe pas quelque chose entre nous. Enfin, s'il ne se passait pas quelque chose avant.

Elle dépose sa cuillère sur sa serviette et vient nerveusement triturer ses doigts. Elle sait très bien qu'à un moment nous allons devoir affronter nos erreurs passées.

— Ils ont dit quoi d'autre ?

— Qu'ils ne savaient pas comment cela leur avait échappé. J'ai tenté de leur dire que c'était un jeu... Je ne sais pas quelles photos ils ont vues, mais ils savent que ce n'est pas vrai.

— Comment on fait alors ?

— On leur dit la vérité. Qu'on a couché ensemble. Que c'était une erreur et que nous regrettons...

— Quoi ? me coupe-t-elle. Mais... ce n'était pas une erreur ! Et je ne regrette pas !

Elle ne semble pas comprendre. Il n'y a rien d'autre à dire. Je n'ai pas le temps de lui répondre qu'elle se lève et prend ses affaires. Je l'interpelle, mais elle ne m'écoute pas et se dirige vers la sortie. Mais pourquoi ai-je voulu parler de ça ? Je ne pensais pas que la conversation allait dévier ainsi !

Je prends mes affaires, paye et la poursuis. Elle est déjà sur le parking et m'attend à la voiture. Je n'ai pas dit mon dernier mot. Mieux vaut ne pas en rajouter une couche maintenant et passer à autre chose.

Ce qu'elle ne sait pas et que j'ai prévu quelque chose après le restaurant. Je nous y conduis donc. Le silence est vraiment insupportable. Amber reste droite dans son siège. Elle ne commente même pas quand je n'ai pas pris la route menant chez nos parents. Lorsque nous arrivons à une boîte de nuit, elle se met enfin à montrer ce qu'elle pense. Elle râle tandis que je me détache et sors du véhicule. Je ferme la porte et fais le tour pour venir ouvrir la sienne. Elle est attachée, les bras croisés contre sa poitrine. On dirait une enfant qui boude.

— Je ne comprends plus rien, avoué-je. OK, nous avons été un genre de *sex friends* pendant plusieurs semaines. Puis, je suis parti et tu as trouvé ton homme qui t'a donné un enfant. Tu es passée à autre chose et moi aussi... Pourquoi fais-tu alors la tronche quand j'ai dit que...

— Tu as raison, me coupe-t-elle. Excuse-moi. J'avais l'impression... tu sais... c'est comme si tout était comme avant entre nous.

Je lui souris. Je sais bien ce qu'elle ressent. Ça m'arrive parfois de me perdre dans le temps et d'imaginer être six ans auparavant.

— Pas de problème, Amber.

Je lui tends la main pour l'aider à sortir. Elle se détache et sort de la voiture. Mes yeux la parcourent. Ils s'arrêtent sur le moindre détail. La lumière des lampadaires lui donne un teint hâlé. Mes pensées deviennent incongrues. Je me vois déjà me pencher sur elle et goûter à cette peau qui m'a tant fait rêver dans le passé. Je suis pris par une décharge électrique, alors qu'Amber ferme la portière, sa main toujours dans la mienne. Je la sers sans le vouloir, puis la lâche soudainement. Elle ne relève pas ce qu'il s'est passé, ne sachant pas ce que j'ai dans la tête. Il vaut mieux pour moi taire mes pensées et continuer comme si de rien n'était.

Dans la boîte, nous commandons à boire. Je reste modéré sachant que je dois prendre le volant. Je m'en voudrais terriblement de risquer sa vie à cause d'un verre de trop. Je finis par prendre des jus et de l'eau jusqu'à ce qu'une envie pressante me prenne après trente minutes dans le club. Je m'excuse auprès d'Amber qui continue de danser et pose mon verre au bar.

Je m'éclipse aux toilettes, fais mon affaire et reviens dans la salle où la musique est à fond. Je la trouve immédiatement sur la piste, entourée d'hommes qui la regardent. Il y en a un qui en profite et se colle à elle. Elle s'arrête de danser et fronce ses sourcils. Elle semble lui dire quelque chose et fait un signe de la tête dans ma direction. L'homme pivote sa tête vers moi. Je la vois très bien lui dire « *Lui, c'est mon frère, il a déjà fait de la prison pour avoir tué un mec qui s'en était pris à moi* ». Évidemment, c'est faux, mais elle a déjà sorti ce genre d'excuse pour se protéger.

L'homme tourne la tête et s'écarte d'elle. Elle me fait un signe de la rejoindre et se remet à danser sur le rythme de la musique électronique. Les autres hommes ne se sont pas éloignés d'elle. L'un d'eux tente sa chance et pose ses mains sur les hanches de ma sœur. J'arrive à leur niveau et me penche sur Amber. Ma main se pose sur sa nuque et l'attire contre moi. L'homme la lâche en marmonnant quelque chose d'incompréhensible. J'enfouis mon visage au creux de son épaule et savoure son parfum.

Je n'ai pas bu beaucoup d'alcool, pourtant je pourrais croire que je suis sous ses effets. Je me sens plus que bien, comme sur un petit nuage.

Mes mains viennent glisser le long de son corps pour se poser sur ses hanches. Nous dansons, totalement collés l'un à l'autre. J'aimerais lui rendre son geste de tout à l'heure. Mais là, je risque seulement de ruiner ce moment. Et puis, après ce que je lui ai dit, il vaut mieux que je fasse attention à ce que je fais.

Sérieusement ? fait la voix dans ma tête. Ce n'est pas un peu trop tard, Gabriel ?

Je l'ignore. Et pourtant, elle a raison.

Nous sommes toujours enlacés, tournant sur nous même, quand quelqu'un vient nous importuner. Je relève ma tête et regarde l'homme qui est devant moi. Il mate les fesses d'Amber sans aucune gêne. Je serre la mâchoire.

— C'est pour quoi ? lui demandé-je, sur un ton froid.

— Je peux danser avec cette meuf ?

Il se prend pour qui lui ? Il ne voit pas qu'elle est déjà avec quelqu'un ?

Amber s'écarte de moi et observe l'homme. Elle lui sourit et s'approche de lui. Je garde mon calme. Quelques secondes. Puis, l'attrape par l'avant-bras.

— Tu vas où toi ? l'interrogé-je. Tu restes avec moi, Amber.

L'homme s'interpose et saisit l'avant-bras de ma sœur.

— Si elle a envie de partager une danse avec moi, laisse-la mec. Je vais te la rendre après.

Je secoue la tête négativement. Elle ne sait pas ce dont elle a envie. Elle est sûrement pompette. Je l'attrape et la tire hors de la piste sous le regard hébété de l'homme. Et si j'avais été son copain ? Il aurait insisté ? Il aurait quand même demandé ? Bah la preuve, oui. Amber lui lance un regard, alors que nous franchissons la porte de la salle.

Nos affaires récupérées, nous sortons de la boîte de nuit. Je jette un coup d'œil à l'heure sur mon téléphone. Il est déjà deux heures et demie. Le temps de rentrer, et il sera trois heures.

Amber se détache de mon emprise en râlant. Elle se précipite à la voiture et attend que je l'ouvre. À l'intérieur, comme pratiquement toute la journée avec elle, le silence est roi. J'ai beau tenter plusieurs approches, elle ne me répond pas. C'est en faisant la gueule qu'elle regagne la maison. Elle ouvre la porte et la ferme derrière elle. Il fait nuit et le vent souffle, me fouettant le visage. J'entre à mon tour dans la maison plongée dans l'obscurité. Il n'y a pas une trace d'Amber. Elle a dû filer dans sa chambre.

Je passe par la cuisine pour aller me servir un verre d'eau. Quand je repasse par le salon, je percute quelque chose. Je devine rapidement qu'il s'agit d'Amber à son parfum lavande. Par réflexe, mes mains attrapent ses épaules au cas où elle tomberait sous l'impact. Pourtant, elle ne semble pas avoir bougé.

— Il était mignon, me dit-elle, sur un ton bas.

— Amber... mignon ou pas, il n'avait pas à demander ça. Encore moins te toucher. C'était irrespectueux.

Je l'entends souffler.

— Et imagine deux secondes... qu'il aurait pu me plaire ? Au-delà de danser. Hein ? J'ai peut-être loupé l'opportunité de rencontrer un hom...

— Arrête tes bêtises, Amber. Tu ne peux pas te donner à un homme comme ça aussi vite.

J'ai l'impression de parler comme si j'étais jaloux, pas en tant que son demi-frère.

— Il y a des couples qui se forment après s'être invités à danser dans des boîtes de nuit. Pourquoi ne pourrais-je pas trouver quelqu'un ? Avoir une chance de partager à nouveau ma vie avec un homme ?

Je l'imagine là, dans le noir, plus petite que moi et énervée. Vu le ton qu'elle emploie, elle m'en veut beaucoup.

— Amber... soufflé-je.

— J'ai ouvert deux fois mon cœur, continue-t-elle. Deux fois j'ai été blessée, repoussée et abandonnée. Je n'ai pas le droit de rencontrer un homme qui m'aimera ? Je...

— Moi, je t'aime, Amber, soufflé-je.

Oups. Mes mots sont sortis sans réfléchir.

— Quoi ? Tu sais très bien que tu m'aimes en tant que...

Je l'approche de moi, ce qui la coupe, mais ce n'est pas pour la serrer dans mes bras. Je pose mes lèvres sur son front et continue sur son nez, jusqu'à sa bouche. Je la sens se tendre sous mes baisers. Je me vois déjà la joue brûlante, giflé, mais ce n'est pas le cas. Au contraire même, elle se serre contre moi. Je parie qu'elle sent mon érection, car son bassin se presse encore plus contre le mien.

Je suis probablement sous l'effet de l'alcool. Elle aussi. Enfin, c'est ce que j'espère pour donner une excuse à ce que nous sommes en train de faire, parce que je sens que c'est le moment des confidences. Je n'en peux plus de garder tout pour moi.

— Oui, vraiment, affirmé-je, entre deux baisers. Je crois que je t'aime. Depuis longtemps. Je ne veux plus te perdre Amber et encore moins te voir avec des connards. Laisse-moi une chance...

— Tout ce que j'ai toujours voulu, c'est que tu m'aimes. J'ai cru que ce qu'il s'était passé... c'était juste histoire de satisfaire mon envie de toi... Mais je ne te veux pas que sexuellement.

Elle l'a dit. Enfin ! Depuis le temps que j'attendais ces mots !

— J'avais trouvé un moyen d'être avec toi autrement. Et tu n'étais pas contre. J'ai été certes choqué quand tu m'as proposé d'uniquement avoir des rapports avec toi. J'ai cru qu'il n'y avait que ça qui t'intéressait...

— Et tu as accepté...

— Je te l'avais dit, Amber, que je ressentais quelque chose pour toi. Tu n'as tout simplement pas compris ce que je voulais dire. Ce n'était pas que physique. Tu m'as toujours rendu fou. Je n'ai jamais su comment être avec toi ni quoi dire...

— Alors, ne dis rien et prouve-moi que tu m'aimes maintenant.

Mes mains se posent sous ses cuisses. Je la soulève facilement. Ses longues jambes s'enroulent autour de mon bassin. Je ne devrais pas. Pourtant, je monte les escaliers avec empressement. Comme si j'avais attendu ça depuis longtemps. Comme si je me foutais de ce qu'on pourrait dire. Comme si j'avais enfin accepté ce que j'ai toujours refusé de croire. Je l'aime. Pas comme ma demi-sœur. C'est plus fort que ça.

J'entre avec Amber dans la salle de bain, après avoir vérifié que nos parents dorment. La lumière de leur chambre est éteinte et on entend des ronflements. Quant au petit, je suis certain qu'il dort aussi ! Je referme doucement la porte avec le pied. Amber allume la lumière. Sa main revient se poser sur mon épaule et vient caresser ma joue. Toujours debout, un bras sous ses fesses pour la maintenir, je fais glisser ma main droite sur sa joue. Le bout de mes doigts frôle son cou et descend toujours plus bas. Ma main se faufile sous son haut et son soutien-gorge.

Elle s'arrête quand je trouve son sein droit. Pendant ce temps-là, nos langues s'amusent ensemble comme jamais. Nous nous écartons quelques secondes avant de replonger l'un sur l'autre sauvagement. Ce baiser, j'en ai rêvé. Jamais nous ne nous sommes embrassés comme cela. À la fois amoureusement et sauvagement la seconde d'après.

Je la dépose sur ses pieds et lui retire ses vêtements. Elle fait la même chose avec les miens. Nous ne faisons pas attention où ils atterrissent. Seul l'autre nous importe.

Nous entrons dans la douche les lèvres collées. Tandis que l'eau coule, je plaque Amber contre la paroi. Je sais que c'est encore froid. Mais ce n'est l'histoire que de quelques secondes.

Je caresse tout son corps, alors que je dépose des baisers à son cou. Je mordille sa peau, joue avec elle. Je me suis vu faire ça de nombreuses fois, mais jamais je n'ai cru qu'en vrai ça allait être aussi intense.

Ma main se rapproche dangereusement de son paradis. Je titille son bouton avec mon pouce. Amber laisse échapper un soupir et écarte les jambes pour me laisser y accéder au mieux. Ses mains sont collées à plat contre la paroi, ses yeux sont fermés, savourant le plaisir que je lui procure. Amber se cambre tandis que je glisse un doigt en elle. Je commence un mouvement de va-et-vient tout en embrassant sa poitrine. Elle ondule son bassin sous mon doigt qui accélère la cadence. Je joue avec ses deux seins, puis les libère.

Je glisse et pose mes jambes à terre pour que ma tête se trouve à la hauteur de son entrejambe. Ma bouche embrasse le bas de son ventre où il y a une cicatrice.

J'imagine qu'elle a dû avoir une césarienne.

Ses mains se posent dans mes cheveux qu'elle caresse avec douceur. Ma langue vient jouer avec son clitoris. Je le lèche, le suce et le mordille. Elle s'agrippe à mes cheveux. À nouveau, je mets mon index en elle. Très vite, des gémissements incontrôlables sortent de sa bouche, jusqu'à ce qu'elle se crispe grâce à l'orgasme. Elle tremblote et a des spasmes. Je me stoppe en souriant.

Ses esprits repris, Amber se met dans la même position que moi. L'eau coule sur mon dos et sur mes épaules. Amber dépose ses lèvres sur les miennes. Elle m'embrasse sensuellement.

Mon envie grandie. Je la désire. Je veux me sentir en elle.

Sa bouche embrasse chaque parcelle de ma peau alors qu'elle descend. Elle mordille ma lèvre inférieure puis mon cou. Elle m'ordonne alors de me mettre debout. Surpris par son ton, je m'exécute. Elle se retrouve à terre, sa tête à la hauteur de ma verge qui est dressée, prête à la prendre.

Elle la fixe en souriant. Sa main vient faire des va-et-vient tout lentement. Elle me frustre, j'aimerais tellement qu'elle augmente la cadence, pour que je puisse après entrer en elle.

Alors que je crois qu'elle me tire la langue, cette dernière lèche l'extrémité de mon sexe. Je ne peux pas détourner la tête. Le spectacle est incroyable. Amber me prend en bouche. Je grogne de bonheur. Malheureusement, je ne vais pas pouvoir tenir plus longtemps. J'ai à plusieurs reprises bandé aujourd'hui, je ne sais même pas comment j'ai pu me retenir jusqu'ici.

Ce que je ressens, cette envie est de plus en plus forte au fur et à mesure des minutes en sa présence.

Je lâche un râle rauque et lui ordonne de me lâcher. Je n'ai pas envie de venir maintenant. Elle remonte pour être à mon niveau. Les joues rouges, elle me sourit. Je passe ma main sur sa joue et la caresse. Je la pousse contre les carreaux et la soulève. Ses jambes s'enroulent autour de moi.

— Dépêche-toi ! me presse-t-elle. Je veux te sentir...

Je ne me fais pas prier. Je présente ma verge à son entrecuisse. Tout d'abord, je la fais glisser le long de son sexe ce qui arrache à Amber un soupir. Elle bouge du bassin pour tenter de m'enfoncer en elle, elle-même. Je souris face à son empressement. Elle en a envie autant que moi. Je ne peux plus patienter. Je la pénètre lentement. Ses mains s'agrippent à mes épaules, alors qu'elle vient mordre ma lèvre inférieure.

Plaquée contre moi, je sens ses seins pointer. Entre ça et ma lèvre qui est à sa merci, je me retiens de ne pas perdre la tête maintenant. J'accélère la cadence. À chaque coup de reins, je grogne, tandis qu'elle halète de plus en plus fort contre ma bouche. Mes mains à sa taille, je tente de la pénétrer au plus profond possible. Jusqu'à ce qu'un orgasme lui parvienne et la fasse gémir de plus belle. Je continue plus lentement. La voir ainsi me fait perdre la tête. Je grogne son prénom et viens en elle. Mes mouvements sont arrêtés.

Nous reprenons difficilement nos esprits.

Je relâche Amber. Elle s'écarte de moi et se met sous le jet chaud de la douche. La buée a déjà recouvert les parois en verre. On se croirait dans notre monde à nous. Ce serait bien. Nous n'aurions pas de comptes à rendre. Juste nous rendre heureux.

Sans dire un mot, nous nous lavons l'un l'autre. Je commence par ses cheveux. Elle fait la même chose et masse mon cuir chevelu. Je continue, tandis qu'elle s'attarde sur ma tête. Je ne prends pas, pour une fois, la fleur que j'utilise pour me nettoyer. Je mets directement le gel douche dans ma main et viens nettoyer son corps.

Je m'arrête sur chaque partie. Ses seins, que je malaxe plusieurs minutes, son ventre plat, ses cuisses, ses pieds. Puis, je remonte et m'attaque à son entrecuisse. Tandis que je joue avec son clitoris, Amber est en train de descendre sa main, aussi remplie de gel douche, vers mon entrejambe. Je la stoppe directement. Malheureusement, je n'ai pas vraiment envie de recommencer maintenant. Elle esquisse un sourire, nettoie mon sexe avec rapidité pour entreprendre de continuer le reste de mon corps.

Nous terminons de nous laver sagement. Il ne faut pas oublier que les parents sont à une porte d'ici. Ils peuvent très bien nous avoir entendus, ce que je ne souhaite pas. Nous nous séchons.

C'est dans nos serviettes que nous regagnons nos chambres pour nous mettre en pyjama. Je ne sais même pas si je dois par la suite la rejoindre ou non. Je ne sais pas quoi faire. Je n'ai pas le temps de triturer ma tête plus longtemps, qu'Amber entre dans la chambre vêtue d'une robe de nuit. Elle m'embrasse et se glisse sous les couvertures. Je ne pensais pas qu'elle voudrait dormir dans ma chambre.

Je viens la rejoindre dans mon ancien lit. Sans rien dire, elle se blottit contre moi. Sa tête se pose sur mon torse. Je plonge ma main dans ses cheveux et lui caresse la tête.

— La cicatrice... hésité-je. C'était pour l'accouchement ?

— Laquelle ?

— Bah, au ventre ?

Je reste perplexe devant sa réponse. Elle aurait plusieurs cicatrices en plus de celles faites par son ancien père adoptif ?

— Oh, oui.

Elle souffle et le silence reprend de plus belle. Je racle ma gorge. J'ai très envie de lui poser des questions, mais j'ai peur que ses frayeurs reviennent la hanter.

— Amber ?

— Oui ?

— Le couple qui t'avait adoptée... L'homme, est-ce qu'il t'a...

— Gabriel... soupire-t-elle lourdement.

— Je n'ai jamais arrêté d'y penser. J'aimerais savoir, mais je comprends que tu n'aies pas envie d'en parler.

— Non. Jamais. Je te l'aurais dit.

Une moue étire mes lèvres. Je ne suis pas convaincu.

— Bonne nuit, conclut-elle.

— Bonne nuit.

Je me penche pour éteindre la lampe. Il se fait tard maintenant. Nous devons nous endormir au plus vite. Demain, je sens que nous allons devoir donner des explications !

Chapitre 3

Six ans auparavant

Je n'arrête pas de ressasser ce qu'il s'est passé. J'ai fini par craquer. Il y a d'abord eu ce moment dans le jardin, puis le soir où Charly est mort, puis à la piscine. Ses trois dernières semaines ont été particulièrement différentes de toutes les autres. Nous nous sommes cherchés, embrassés en cachette. Nous allons nous faire griller. C'est sûr ! Je n'aurai même pas d'excuses. À part mes sentiments. Pas sûr que cela plaise aux autres.

Amber avait prévu de ne pas aller au bal. N'ayant pas de cavalière, je ne voulais pas m'y rendre. Puis, j'ai eu la bonne idée de l'inviter. Je me prépare donc. J'ai choisi ma tenue avec ma mère, qui s'y connaît mieux en matière de tenue habillée que mon père. Je ne sais pas encore comment va être habillée Amber, mais j'ai vraiment hâte de la voir.

Je ferme ma chemise blanche bouton par bouton. Il y a une chose que je ne sais pas faire : la cravate. Je m'observe dans mon miroir. Je me sens mal à l'aise. Comme si tout cela était exagéré. Nous ne sommes pas dans un lycée en Amérique, mais dans un lycée à Lyon. Je ne sais pas celui qui a choisi le thème, mais il a opté pour « tenue bien habillée ». Je n'avais jusqu'à présent jamais mis de costume. Cela me fait tout bizarre.

Je file dans la chambre d'Amber. Les parents ne sont pas là. Je n'ai personne pour m'aider. Je toque et ouvre la porte quand ma demi-sœur m'autorise à entrer. À l'intérieur, je la trouve assise sur son lit en train de regarder la fenêtre.

Elle porte une robe pourpre cintrée qui a l'air de la mettre en valeur. Je m'approche doucement. Ses cheveux noirs tombent sur ses épaules et s'arrêtent jusqu'à sa taille.

Amber ne me prête pas attention. Elle ne lâche pas la fenêtre des yeux. Je viens m'accroupir devant et l'observe. Elle a la mine triste. Je pose ma main sur sa cuisse. Elle ne réagit pas.

— Qu'est-ce qu'il se passe, princesse ?

— Je ne veux pas y aller, annonce-t-elle.

— Pourquoi ?

— On va nous regarder. Nous juger, se moquer de moi. Ils vont dire que tu as pitié de ta demi-sœur, que j'ai dû insister pour venir avec toi...

Je grimace. Vu sous cet angle, il est vrai qu'on a de quoi se faire du souci. Mais il est hors de question que je les laisse nous pourrir ce moment.

— Ils vont surtout être jaloux, rétorqué-je. Les gars comme les filles. Tu vas être la plus belle, Amber. Les mecs vont s'en vouloir de ne pas t'avoir invitée et les filles vont se dire que tu es cent fois plus belle qu'elles. On s'en fout de ce qu'ils pensent sur notre relation. Ils ne savent rien.

— Mmh...

Je me lève et retourne dans ma chambre. J'attrape mon appareil photo et rejoins ma sœur. Elle n'a pas bougé. Les mains sur ses cuisses, elle continue à fixer l'extérieur comme si elle voulait s'enfuir et vivre librement.

Mon appareil photo allumé, je le règle et mets l'objectif sur Amber. Ses sourcils se froncent.

— Qu'est-ce que tu fais là ?

— Je te prouve que tu es la plus belle.

Je prends en photo son œil gauche, son nez, le coin de ses lèvres. Je prends même son oreille. Ce que je suis en train de faire est similaire à mon futur emploi. Mettre en valeur des biens incroyables. Bon, pour les vendre... Sauf que je ne souhaite pas donner Amber !

Je suis pris dans ce jeu. Je prends sa mâchoire et ses cheveux. Je les arrange pour être comme je les imagine. Amber se met à sourire en me voyant si concentré. Elle vient caresser ma joue du bout de ses doigts.

— Ne bouge pas, exigé-je.

Je descends et prends son épaule en photo. Je retire pour la prochaine sa bretelle et la laisse glisser jusqu'à entraîner la robe à dévoiler le début de son soutien-gorge noir. Je me perds quelques instants à observer le début de sa poitrine découverte. Quand nous serons à la fête, tous les garçons vont la mater ouvertement sans scrupule. Ils ne vont pas lâcher sa poitrine des yeux et vont se maudire de ne pas pouvoir toucher à cette femme. Dommage pour eux.

— Tu n'as pas intérêt à me prendre nue et à montrer les clichés à tes potes !

Je grimace. Elle me prend vraiment pour ce genre de mec ?

— Oh, dommage, fais-je. J'aurais pu les rendre jaloux... Mais non, idiote ! Je vais les garder pour moi.

— Mmh, tu as intérêt, sinon je t'explose la tête.

Je roule des yeux. Tant de violence dans un si petit corps...

— Dis-moi quand je vais trop loin.

Elle hoche la tête. Je continue à la prendre en photo. Je descends son autre bretelle qui fait glisser le haut de sa robe. Je peux maintenant voir entièrement son soutien-gorge qui couvre ses seins. Je viens déposer des baisers sur sa poitrine. Je n'ai plus envie de la prendre en photo. La voir ainsi m'excite. Amber m'arrache l'appareil photo des mains. Je suppose qu'elle le pose pour me laisser continuer mes baisers. Les bretelles de son soutien-gorge sont aussi descendues. Je remonte le long de son cou.

— Tu sais que tu es magnifique en costume ? me demande-t-elle, dans un soupir.

— Ah bon ? fais-je, entre deux baisers.

— Oui.

— Prouve-le.

Je souris et continue à l'embrasser. Je viens maintenant déposer des baisers sur le pourtour de sa mâchoire. J'entends alors un clic. Je m'écarte d'elle. Souriante, elle tient l'appareil photo.

— Tu fais quoi ?

— Je te prends en photo, me répond-elle, avec un sourire mutin.

— Oh... soufflé-je, en arquant un sourcil.

Mes mains glissent de sa taille à ses hanches et ses cuisses. Je remonte sous la robe. Amber prend en photo cette action. Je ne sais pas pourquoi, mais bizarrement savoir qu'elle me prend en photo alors que je me rapproche de son paradis m'excite de plus en plus.

Je me redresse. J'entoure sa taille de mon bras et la lève. La robe glisse sur le sol. J'entraîne Amber sur le lit et m'allonge sur elle, logé entre ses cuisses. Je suis sur mes mains pour ne pas l'écraser. Ses yeux parcourent mon corps lentement. Quand elle s'arrête sur mon entrejambe, un sourire étire ses lèvres. Je devine que ma bosse est plus que visible. Elle me la désigne du menton.

— Même ton truc est sorti de ton pantalon, commente-t-elle, avant de rire.

Je baisse directement les yeux. Elle n'a pas tort. Le bout de ma verge se promène hors de mes vêtements. Je ne fais rien, la laisse ainsi à la vue de ma demi-sœur qui en profite. Elle braque l'appareil photo dessus. J'approche mon bassin du sien et entends un clic retentir. J'ai vraiment hâte de voir les photos !

Ses joues s'empourprent quand mon sexe touche le bas de son ventre nu. Elle lâche l'appareil sur le lit et ne perd pas plus de secondes. Elle enlève ma cravate qui n'était pas attachée et ouvre les boutons de ma chemise. Ma veste se retrouve avec le reste de mes vêtements à terre en peu de temps. Je passe mes doigts entre sa culotte et son sexe. Je sens qu'elle est très excitée par la situation. J'arrache son sous-vêtement et le jette au loin. Je lui retire son soutien-gorge et admire quelques minutes ce que j'ai sous les yeux. Elle est magnifique.

Je récupère l'appareil photo et m'assois un peu plus loin d'elle. Mon sexe frôle le sien, alors que j'entreprends de la prendre en photo. Je prends son ventre, ses seins, son cou et même nos deux parties intimes.

Je n'avais jamais fait ça, des photos pornographiques. Je ne compte pas les diffuser. C'est juste histoire de continuer le jeu. Je les supprimerai demain.

Quand je me rallonge sur elle, je l'embrasse à pleine bouche tout en nous prenant en photo.

Lorsque je me retire, je m'allonge à ses côtés et ne bouge plus. Je souffle. Amber vient s'asseoir. Elle se saisit de mon appareil photo et commence à regarder les images. C'est alors qu'elle pousse un cri.

— Mais tu es stupide ou quoi ?

— Qu'est-ce qu'il y a ?

— Tu as pris une vidéo...

Je me redresse interpellé par ce qu'elle dit. Je prends l'appareil et examine ce qu'il y a dedans. Il y a bien nos photos. Je l'avais posé pour que nous puissions coucher ensemble. J'ai mal dû appuyer, car c'est à ce moment que la vidéo démarre. On peut nous voir nous occuper l'un de l'autre chacun notre tour. Je stoppe la vidéo. J'hésite étrangement à la supprimer.

— On s'en occupera après, me dit Amber. On va être en retard !

J'observe l'heure. Nous devrions déjà être à la fête depuis dix minutes. J'éteins mon appareil. Elle a raison, nous nous en occuperons plus tard. Nous nous habillons donc le plus vite possible.

— Dire que j'étais venu pour te demander de m'aider avec ma cravate...

*

Nous passons les portes de l'établissement main dans la main. Peu importe ce que disent les autres, le temps que nous profitons de ce moment. Dans la salle, la décoration reste sobre. Des ballons, un bar, un DJ, des chaises blanches et une grande piste de danse. La fête se déroule dans le gymnase du lycée.

La première chose qui m'interpelle, c'est Amélie au bras de Peter. Ils sont en train de se baver dessus non loin du bar. Mon cœur se pince en voyant ça. Elle m'a remplacé très vite. Est-ce que coucher avec sa demi-sœur veut aussi dire que je l'ai remplacée ?

Je secoue la tête et entraîne Amber au bar pour nous prendre à boire et à manger. Je la laisse y aller en première et reste en retrait pour l'observer. Elle est vraiment magnifique dans cette robe pourpre.

La robe lui arrive au niveau des genoux. Elle porte des talons noirs qu'elle ne voulait pas mettre. Elle aurait préféré venir en jean et baskets, comme à son habitude.

Quand elle se retourne vers moi, je n'entends pas ce qu'elle me dit. Je suis trop absorbé à regarder ses lèvres bouger. Elle me tape sur l'épaule et me fait sortir de ma rêverie.

— Alors, tu veux quoi ?

— Heu... un jus d'orange.

— OK.

Elle se retourne vers le jeune qui sert. Il se dépêche avant de se pencher vers elle. Je ne peux pas m'empêcher de m'approcher pour écouter ce qui lui dit.

— Tu voudrais danser avec moi ? lui demande-t-il.

— Heu... non, désolée.

Je souris fièrement et passe mon bras autour de sa taille. Je l'attire à moi sous le regard étonné du mec. Nous buvons un peu plus loin dans un coin tranquille. Quand la musique démarre vraiment et que les jeunes sont déjà en train de danser, nous nous rendons sur la piste pour en profiter. Normalement, je n'aime pas danser. D'ailleurs, j'en ai horreur. Pourtant, je suis actuellement en train de me dandiner comme un imbécile sur la piste. J'essaye de suivre Amber, de faire la même chose qu'elle. Il est bien évident que ce genre de musique n'est pas pour moi. J'ai la sensation de passer pour un crétin. À ma tête, Amber doit le comprendre. Elle sourit et serre ma main.

Quand la musique change, je souffle de soulagement. Une autre du même genre se lance. Après plusieurs danses, j'aperçois mes potes arriver. Je lâche directement la main de ma sœur pour faire comme si de rien n'était. C'est un peu bête, mais je n'ai pas réfléchi sur le coup. Elle tourne sa tête vers moi et plisse ses yeux. Alors qu'elle tente de me parler, Peter, Isac et Nick sont déjà à notre hauteur. Peter n'est plus accompagné d'Amélie. Il ne pouvait pas avoir ma sœur donc il a pris mon ex petite-amie. Dommage pour lui, il n'a pas la meilleure...

Nick et Isac restent en retrait. Je sens qu'il va y avoir un affrontement. Et je ne sais pas pourquoi. Holly aurait-elle dit quelque chose à mes potes ? Je ne l'espère pas ! Sinon, je vais vraiment m'énerver et elle va regretter de m'avoir rencontré. Déjà que pour se venger de ma menace, elle a dit à Charly ce qu'Amber m'avait fait dans le jardin...

C'est bizarre. Holly était une très gentille amie. Je lui ai toujours fait confiance. Je pouvais lui confier Amber sans aucune appréhension. Voilà qu'elle se comporte comme la dernière des garces après m'avoir annoncé qu'elle m'aimait. Pourquoi ? Car, malgré ce qu'elle m'a dit, elle aimerait sortir avec moi.

Elle aurait dû venir m'en parler à la place de menacer Amber. Elle a quoi comme preuve ? Ses yeux ? Personne ne la croira. Et puis, elle va dire quoi ? Qu'elle a vu Amber me draguer et me sucer ? Les autres risquent de se demander si elle ne ment pas pour attirer la curiosité. Mes potes ne sont pas stupides, contrairement à Charly. Ils ne la croiront pas. Enfin, je l'espère.

Peter se penche sur Amber. Sa main s'approche de sa joue. Elle le stoppe immédiatement sans lui laisser le temps de la toucher.

— Ne t'approche pas de moi !

— Oh bébé, tu sais bien que toi et moi, c'est inévitable...

Je roule des yeux. Il y a peu de chance qu'elle croit en ses paroles. Elle n'a jamais cru en lui.

— Va dire ça à cette salope d'Amélie, lance-t-elle froidement. Tu ne m'intéresses pas, du con !

Peter semble étonné par ses propos, alors que je me retiens de rire. Il attrape son poignet fermement en se penchant encore plus sur elle. Il prend un air agressif.

— Alors, écoute-moi bien, salope...

— Hop ! interviens-je, en le coupant. Tu n'insultes pas ma demi-sœur !

Je le repousse alors que des gens commencent à observer notre interaction.

— Ce n'est pas ta sœur ! C'est une putain d'orpheline abandonnée par ses parents, car ils ne voulaient pas d'elle ! Tout ce qu'elle sait faire, c'est s...

Il n'a pas le temps de finir que mon poing est déjà parti. Sous mon coup, il se recule. Nick le soutient pour ne pas qu'il tombe en arrière. Quand je me tourne vers Amber, cette dernière n'est plus là. Je la cherche des yeux. Elle se dirige vers la sortie. Je m'y précipite. Je pense déjà savoir ce qu'elle a et je la comprends. Peter n'avait pas à dire ça.

Je la poursuis jusqu'à ce qu'elle s'enferme dans les toilettes. Peu importe s'il y a des filles à l'intérieur, je dois parler avec Amber. J'entre et ne la trouve pas. Elle ne s'est pas volatilisée quand même ! J'entends des bruits inquiétants. Je toque à un des cabinets. On ne me répond pas, j'ouvre alors la porte qui n'était pas verrouillée. Amber se trouve là, la tête dans la cuvette. Immédiatement, je sais qu'elle vomit. Je viens l'aider en tenant ses cheveux. Lorsqu'elle a fini, assise, elle se plaque contre la paroi. Elle regarde face à elle et porte sa main à sa tête.

— J'aurais dû manger avant de boire, se plaint-elle.

— Et à midi ?

— J'ai zappé... j'étais en train de chercher ma robe en boutique et je n'ai pas vu le temps passer.

— Tu n'as pas mangé depuis ce matin ?

— Non.

— Et tu as bu ?

Elle hoche de la tête.

— Bah, le truc que j'ai pris, c'était de l'alcool.

Ma main vient se poser sur son front. Elle est brûlante. Je l'ai vu se resservir plusieurs fois. Je n'ai tout simplement pas fait attention à ce qu'elle prenait. Je ne pense pas qu'elle ait pris beaucoup de verres. Peut-être cinq. Je ne m'y connais pas assez pour savoir si ça suffit pour être malade. Et puis, va savoir ce que le mec a mis dedans ! Surtout qu'il avait l'air d'avoir mal pris le refus d'Amber !

N'ayant aucune preuve et ne pouvant rien faire, je me contente de l'aider à se mettre debout. Je l'aide à se rendre à un lavabo pour qu'elle puisse se nettoyer. Elle ouvre l'eau, se penche et se nettoie la bouche. Quand elle se redresse, elle grimace.

— Mes parents... ils m'aimaient, murmure-t-elle.

J'acquiesce de la tête. Je ne sais pas quoi répondre à cela. J'opte pour sortir et prendre un peu l'air. Elle en a besoin. Je l'entraîne de force hors de l'établissement. Nous passons dans le couloir, devant Amélie qui nous fixe la bouche ouverte.

Dehors, l'air me fait un bien fou. J'inspire à pleins poumons. Amber se colle contre le mur sans se soucier de tacher sa robe. Les minutes passent et nous restons silencieux dans le parking vide où l'on entend la musique provenant de la fête. Plusieurs fois, les portes s'ouvrent. Des jeunes sortent pour fumer, puis entrent à nouveau. Quand des voix d'hommes familières retentissent, je me fige. Je sens les ennuis arriver.

Mon intuition est bonne. Peter se positionne devant moi, les mains sur les hanches. Il a un beau bleu à la joue.

Ça m'arrache même un sourire. Lui ne semble pas du tout content.

— Espèce d'enfoiré, m'insulte-t-il.

— Qu'est-ce que j'ai fait encore ? lui demandé-je en soupirant.

— Rien, rien. Tu devrais aller faire un tour en salle. Histoire de me laisser papoter avec ta petite sœur chérie. Juste quelques minutes et après je te la rendrai. Intacte.

Je plisse mes yeux. Il croit vraiment que je vais la laisser seule avec lui ? Il se fout le doigt dans l'œil !

— Ça va. De toute façon, nous allons rentrer.

— Oh, et pourquoi ? Tu as envie de la sauter ?

Je mords ma langue. J'ai envie qu'il arrête avec ses conneries. Pris dans un soudain élan, je n'arrive plus à réfléchir correctement. J'ai juste envie de lui faire fermer sa gueule. Par n'importe quelle manière.

— Peut-être que c'est déjà fait ! lancé-je.

Ses yeux s'écarquillent, puis glissent sur Amber. Je jette un coup d'œil à ma demi-sœur qui est autant étonnée que mon pote.

— Il plaisante, ment-elle.

J'arque un sourcil, amusé.

— Et c'était quoi tout à l'heure ? continué-je. Une partie de scrabble ?

Sa mâchoire se décroche. Elle a l'air furieuse après moi.

— Oh, c'est bon ! fais-je. On ne peut plus rire ici ! Allez, viens, on rentre. Tu es malade.

Contrairement à ce que je pensais, elle ne refuse pas. Je saisis sa main sous les yeux de Peter. Je la sens s'arrêter, alors que je nous dirige vers ma moto. Quand je me tourne, je remarque que Peter a attrapé son avant-bras.

Je m'approche pour le repousser, mais ça suffit à le faire lâcher.

Oui, j'ai accompagné Amber au bal avec ma moto. C'est même elle qui a insisté. Pour elle, c'est classe de venir en moto. Et pour moi, c'est un peu la *loose*. J'aurais aimé l'emmener en voiture, mais je n'ai pas encore de quoi me prendre une voiture. J'ai le permis depuis quelques semaines et je dois dire que je ne suis pas pressé de conduire. Ma moto me suffit pour l'instant.

Lorsque nous rentrons à la maison, Amber court dans ma chambre. Je tente de retirer ma cravate, quand elle déboule comme une folle.

— L'appareil photo ! Il n'est plus là !

Mon cœur s'emballe. Mais ce n'est pas possible ! Je l'avais laissé sur son lit ! Oh, merde !

Sans nous concerter, nous fonçons trouver nos parents qui sont en train de parler dans le salon. Ils sont tout souriants, comme si tout allait bien.

— Vous... n'auriez pas vu mon appareil photo ?

— Oh, si, répond ma mère. Je suis allé faire développer les photos. Tu pourras passer les prendre quand Christian t'appellera.

Je suis dans la merde. Il va parler des photos qu'il a vues. Et même de la vidéo. Je ne peux même pas mentir et dire que c'est un pote qui l'avait, car on nous voit tous les deux sur les images.

Mais pourquoi a-t-elle eu cette idée ? N'a-t-elle pas fouillé dedans ? Si c'était le cas, je ne pense pas qu'elle serait aussi souriante.

Chapitre 4

Maintenant

Je me réveille tout doucement. J'ai mal au cou et à la tête. Mes yeux me piquent. Quand je vois la lumière traverser les volets et illuminer la pièce, je me rends compte qu'il est malheureusement l'heure de se réveiller. Et Dieu seul sait que je ne m'en sens pas la force. J'aimerais rester au lit plus longtemps.

Seulement, cette petite voix qui me demande si j'ai bien dormi m'aide tout d'un coup à aller mieux. Je tourne mon visage vers elle et lui souris. Amber n'a pas la tête sur mon deuxième coussin, mais sur le mien. Son visage n'est qu'à quelques centimètres du mien. Je soupire. Elle sait très bien ce qu'il risque d'arriver si nous commençons ainsi.

— Bonjour, princesse.

— Coucou... alors, tu as bien dormi ?

— Mmh, pas mal.

Elle rapproche son visage du mien et m'embrasse.

— Ne t'inquiète pas, me fait-elle. Ils sont déjà passés il y a un bon quart d'heure.

— Ils nous ont vus ainsi ?

Je racle ma gorge et m'assois sur le lit. Elle garde le silence. Je comprends donc que c'est oui. Ils vont finir par tout comprendre et je n'ai pas envie d'affronter ça maintenant. Ils risquent de penser que nous avons fait des bêtises, que nous avons succombé au plaisir de la chair. Je les connais bien, ils vont penser que c'est juste sexuel. Comme Amber et moi au début. Mais ça ne l'était visiblement pas, sinon jamais je ne l'aurais refait avec elle hier soir. Elle qui a un enfant.

— Vingt-trois février... deux mille quinze, me dit-elle.

Je tourne mon visage vers elle. À cette date, j'étais dans mon nouvel appartement avec Amélie et j'étais dans les études. Sur le coup, mon rêve d'aller à Paris ne s'est jamais réalisé. Je suis resté pour Amélie à Lyon et j'ai quand même dû me séparer de ma famille. Pourquoi ? Je ne voulais pas la perdre. Voilà où ça m'a mené. Chez mes parents, célibataire et sans toit.

— De ?

— C'est le jour de naissance de Nathanaël.

— Ah...

Je compte alors dans ma tête, puisqu'elle ne semble pas vouloir me faciliter la tâche pour découvrir l'âge de son fils.

Deux mille quinze, deux mille seize, deux mille dix-sept, deux mille dix-huit, deux mille dix-neuf... deux mille vingt. Il a donc environ cinq ans et dix mois.

Cinq ans ?

Quelque chose m'échappe. Quand a-t-elle rencontré son homme ?

Février, janvier, décembre, novembre... quatre mois. Octobre, septembre, août... sept mois. Juillet... huit mois. Mettons qu'elle ait tenu neuf mois, ce qui est assez rare. Juin. Neuf mois.

Putain !

Immédiatement, mon cœur s'emballe. C'était pile quand nous avions couché ensemble. Quand Charly est mort, à la piscine et en fin juillet, avant la fête.

Je cherche des yeux quelque chose qui pourrait me rassurer. Mais j'y lis seulement de la nervosité. Ses doigts se triturent, ce qui ne m'apaise pas, mais alors là pas du tout.

— Amber...

Ma voix n'est plus du tout comme elle est en temps normal. Je suis sous pression. À la pointe de la folie et de la dépression. Elle ne m'aurait quand même pas fait ça, bordel !

Ses yeux se baissent tandis qu'elle me demande de la pardonner. Je vois que ses mains tremblent, probablement de peur. A-t-elle peur de ma réaction ? Sûrement. En ai-je peur aussi ? Oui.

— Dis-moi que c'est une blague...

Je chuchote comme pour moi-même. Mais je sais qu'elle l'entend, car sa tête se secoue de gauche à droite.

— J'ai tenté de te le dire, fait-elle. Mais tu n'as jamais répondu à mes lettres. Ni à mes mails...

Sa voix se brise. Je sens monter en moi l'énervement. Elle est en train de m'annoncer que je suis le père de son gamin ? Elle se fout de ma gueule ?

Je serre mes poings. Je n'arrive pas à croire ce qu'il se passe. Mais alors, elle m'a menti ? Elle a menti à nos parents ? Elle n'a jamais rencontré d'homme qui lui aurait fait cet enfant ? Bien sûr que si ! Mes parents ont dû le voir plusieurs fois !

— Tu me fais une blague, c'est ça ? Haha, j'ai failli tomber dans le panneau !

Je sors du lit en riant. Je me change devant elle sans aucune pudeur. De toute façon, elle m'a déjà vu nu. Je vais soudainement bien. Je ne peux m'empêcher de rire comme un gamin. Amber a toujours été très forte pour mentir.

— Gabriel, souffle-t-elle. Ce n'est pas une blague. Nathanaël est ton... fils.

Je suis comme pris de plein fouet par un camion. Ses mots me choquent. Je me retiens au mur comme je peux, pour ne pas tomber sur les fesses. Elle insiste plusieurs fois, puis me demande comment je vais, si je ne suis pas énervé contre elle.

Mais comment veut-elle que je le prenne ? Elle s'attend à ce que je lui saute dans les bras et l'embrasse, fou de joie ? Désolé, mais ce n'est pas mon genre. Je lui lance un regard qui répond à ses questions. Elle m'a vraiment fait ça ?

Je ne change pas, même quand des larmes commencent à rouler sur ses petites joues.

— C'est une blague ? lui demandé-je, sur un ton agressif. Pourquoi ne me l'as-tu pas dit ? Pourquoi n'as-tu pas avorté ?

Elle renifle. Ses yeux me fuient comme la peste.

— Au début, j'ai cru que j'étais malade, m'avoue-t-elle. Quand je l'ai appris, il était trop tard pour avorter. J'ai tenté de te contacter, mais tu ne m'as jamais répondu.

Je me laisse glisser jusqu'au sol. J'ai la sensation d'être le jouet de toutes les femmes que j'aime. Holly, Amélie et maintenant Amber. Laquelle est pire ? Amber.

Jamais elle n'aurait continué une blague aussi longtemps. Jamais elle ne serait allée plus loin sachant que je suis en train de m'énerver ainsi. Pourquoi me le dire maintenant ? Pourquoi après cette nuit ? Pourquoi avoir attendu si longtemps ?

Elle sort du lit et vient se positionner devant moi, accroupie. Je n'arrive pas à la regarder dans les yeux. Actuellement, j'ai l'impression de me comporter comme un enfant. Sauf que je n'en suis pas un. Il faut que je mette tout au clair pour pouvoir trouver des solutions.

— J'en ai souffert, m'avoue-t-elle. J'ai failli abandonner. Si tu savais... j'ai directement quitté la maison et me suis installée dans un petit appartement. J'ai menti à nos parents.

Elle se tait, attendant sûrement que je commente. Mais je reste muet. J'ai peur de ne sortir que des conneries et ce n'est pas le bon moment.

— J'ai fait croire que j'avais un homme qui me soutenait... Alors que j'étais seule. Ils me pensaient heureuse, alors que je regrettais amèrement cet enfant. Je n'en voulais pas et il était trop tard. Je ne pouvais quand même pas le tuer... Il ne le méritait pas.

Ce qu'elle me dit m'émeut. Elle pleure tout en tentant de raconter ce qui lui est arrivé depuis l'été deux mille quatorze. En temps normal, elle tente de tout garder pour elle, dévoiler que quelques petites choses insignifiantes. Quand elle craque, c'est qu'elle le gardait au fond depuis longtemps.

— Pendant la grossesse, j'ai tenté d'y mettre un terme, continue-t-elle entre deux sanglots. C'est l'unique voisine avec qui je parlais rarement qui est venue chez moi, car elle avait entendu du bruit. Elle m'a trouvée... inconsciente et a appelé les pompiers.

Amber a tenté de mettre un terme à sa vie pour ne pas avoir cet enfant. Pourquoi ? Car je ne lui répondais pas. Il est vrai qu'au tout début, j'avais tenté de les voir pendant environ deux mois. Puis, Amélie avait fini par le découvrir. Je n'avais donc plus donné signe de vie. Comme si je n'avais jamais existé. Mais comment ai-je fait pour ne pas le découvrir ? En même temps, durant les vacances d'été, j'ai dû les voir moins d'une dizaine de fois et il est normal qu'à ce moment-là sa grossesse ne se voyait pas encore.

Amber renifle et essuie les larmes sur ses joues. Mes yeux sont humides. Je tente de le cacher, mais entendre ça m'affecte plus que je ne le voudrais. Je racle ma gorge.

— Quand as-tu appris que tu étais enceinte ?

— Vers fin septembre, je crois. Je n'avais pas eu mes règles deux ou trois fois de suite et je me sentais mal. J'ai consulté et le médecin m'a dit de faire une prise de sang.

— Donc... hésité-je. Il n'y a jamais eu de petit copain pendant les vacances ?

— Jamais.

Sa voix se perd dans le silence. Nous ne prenons plus la parole. Je ne sais pas quoi dire. Je souffle et me relève. Sans dire un mot, je sors de la chambre. Je peux la comprendre, mais je dois réfléchir. Je ne sais pas ce qu'elle attend de moi et, pour l'instant, je n'ai pas envie de le savoir.

Je dévale les escaliers comme jamais et mets mes chaussures sans prêter attention à mes parents qui me fixent. Encore moins au petit qui déjeune. Je vois leur reflet dans le miroir. Mais je ne peux pas supporter ça.

Dehors, j'inspire profondément. À peine la porte fermée derrière moi, j'entends Amber m'appeler. Je continue mon chemin. J'ai un fils… dont je n'ai jamais entendu parler avant ce Noël ! Je ne sais pas où tout cela va me mener, mais je sais déjà que je suis dans la merde. J'ai de l'argent. Oui, si c'est ce dont elle a besoin, je lui en donnerai sans hésitation. Mais si elle s'attend à plus... Je ne pourrai pas l'aider. Je viens à peine de sortir d'une rupture. En aucun cas, je ne me sens d'attaque pour fonder une famille !

Sur la route, je marche tel un zombie. Je tente de remettre mes pensées dans le bon sens. Il va me falloir plus de temps. Je ne sais même pas à quel résultat je dois arriver. La repousser pour toujours et ne jamais me présenter à ce gamin en tant que père ? Accepter de lui avouer et fuir ? Ou rester, suivant comment ça se passe ?

Je n'ai jamais eu peur d'affronter quelque chose, à part la danse d'hier soir. Là, c'est tout à fait différent. Suivant mon choix, tout va changer et pour toujours.

Chapitre 5

J'entre dans la maison de mes parents. La maison est plongée dans un étrange silence. Pourtant, mes parents et Amber sont dans le salon. Jade et mon père ont les bras croisés sur leur poitrine et Amber a la tête baissée comme si elle venait d'être grondée. Quant au gamin, il n'est pas là.

Les yeux de mes parents se posent sur moi. Je soupire en me déshabillant. Je laisse mon manteau ainsi que mes chaussures de neige à l'entrée et les rejoins. L'ambiance est tendue. Et je comprends pourquoi. Je pousse un cri d'étonnement quand je vois ce qu'il y a sur la table basse du salon.

— Puisque Gabriel n'a pas voulu mettre les choses au clair, nous avons dû en parler avec Amber, fait ma mère d'une voix sèche.

Les photos que nous avions prises avant le bal de fin d'année sont éparpillées sur la table basse. À côté, mon appareil photo que j'avais laissé à Amber est aussi sur la table. Je n'avais pas supprimé la vidéo, à la demande d'Amber.

Dans ma tête, je n'arrête pas de me dire que je suis dans la merde. Que nous le sommes tous les deux. Je prie intérieurement pour qu'ils n'aient pas vu la vidéo si Amber ne l'a pas supprimé.

Je ne comprends pas ce que fout l'appareil ici. Plus je me pose des questions et plus je suis en train de devenir fou. Pourquoi en parler maintenant ? Pourquoi le mettre sur le tapis ? Ça ne les regarde pas ! Est-ce pour ça que ma mère insistait pour que je vienne ? Pour me mettre dos au mur et me forcer à tout avouer ?

Bon, sérieusement. Je suis en train de stresser.

Maman, Papa. J'ai couché plusieurs fois avec Amber durant le lycée et hier soir, nous avons réitéré ça.

Je souffle. Amber lève ses yeux vers moi. Sa mâchoire est serrée.

— Ils savent tout, m'annonce-t-elle, sur un ton morne.

Je déglutis péniblement.

— Oui, Amber nous a tout raconté, dit notre mère. Tout.

Elle insiste sur le dernier mot. Mon père s'assoit sur le canapé et met sa tête dans ses mains. Il a l'air excédé par la situation.

— Maman nous a entendus cette nuit, me dit Amber.

— Oh, putain de merde, lâché-je.

Jade grogne. Visiblement, elle n'aime toujours pas les gros mots.

— Oui et j'aurais aimé ne rien entendre ! Je n'arrive toujours pas à y croire ! Et tu as osé dire qu'il n'y avait rien entre vous ! Gabriel, tu nous as menti ! Nous sommes tes parents ! Nous aurions dû savoir ça !

— Ce n'est arrivé que trois fois ! me défends-je. Après nous y avons mis un terme !

Je tente de garder mon calme du mieux que je peux. Amber me lance un regard noir. Elle n'a pas l'air d'apprécier ce que je dis.

— Tu plaisantes ? m'interroge-t-elle, furieuse. Tu m'as annoncé le lendemain du bal que tu te remettais avec cette garce ! Tu m'as abandonnée pour elle alors que nous étions... heureux.

— Tu ne sais même pas si j'étais heureux avec toi ! lancé-je.

Note à moi-même : réfléchir avant de parler !

— Parce que tu n'étais pas heureux de me sauter ? Tu m'as menti alors hier soir ? Je ne sais pas ce qui me retient de t'en coller une !

— Tu es vraiment idiote ! Je...

— Bon, ça suffit ! s'écrit Jade, hors d'elle.

La maison retombe dans un silence perturbant. J'ai très envie de m'enfuir, ne pas avoir à m'expliquer. Je soupire et croise les bras sur mon torse. Ma mère passe sa main sur son visage. Amber ne me lâche pas des yeux.

— Depuis quand étiez-vous au courant ? demandé-je.

— Pour les photos... quand j'étais passé faire développer mes photos. C'est Christian qui m'en a parlé. J'ai cru qu'il plaisantait en disant qu'il avait sorti des photos de toi et Amber... nus. J'avais fouillé dans ses affaires un peu après et n'avait rien trouvé. Mais un jour, j'ai fini par tomber dessus. Je n'ai rien dit à votre père. Je ne savais pas quoi en penser. Je croyais même que c'était des montages !

OK. Elle est au courant depuis bien longtemps.

— J'étais déjà parti ? m'inquiété-je.

— Oui. Et Amber aussi.

Elle se penche sur la table basse, prend la télécommande et allume l'écran. Il y a la vidéo sur pause de nos ébats. C'est même la fin. Cela veut dire qu'ils l'ont regardé. Beurk ! Elle lance la vidéo. Je suis plus que gêné. Mon père qui n'a pas encore dit un mot se lève et quitte le salon pour aller dans la cuisine. Je sens que Jade scrute ma réaction. Je regarde cette maudite vidéo que j'aurais dû supprimer sans hésiter. On me voit, au-dessus d'Amber, en train de coucher avec elle. Même si on ne voit pas tout le temps nos visages, on devine très bien de qui il s'agit.

Dans la vidéo, je me penche pour embrasser ma demi-sœur. Je descends le long de son cou et continue de la pénétrer.

— Je t'aime, fais-je, dans la vidéo.

— Je t'aime aussi, Gabriel.

Jade met en pause la vidéo. Bon, je sais déjà ce qu'elle va me demander. Pourquoi avons-nous dit ça, si c'était juste pour prendre du bon temps ?

C'est assez drôle de se dire que nous avions décidé d'avoir une relation basée sur le sexe, alors que nous nous disions que nous nous aimions.

— Pourquoi ces mots ? me demande-t-elle.

Ça n'a pas loupé ! Je grimace ne sachant pas quoi répondre.

— Je ne sais pas quoi dire, avoué-je.

Jade secoue la tête. J'ai vraiment la sensation d'être retourné en adolescence et de devoir expliquer le moindre de mes gestes.

— Gabriel ! Tu te moques de moi ? Ça, ce n'était pas un jeu entre vous deux. Ce que vous avez fait, et à plusieurs reprises, n'aurait jamais dû arriver en temps normal ! Pourquoi l'avez-vous refait hier soir ? Vous étiez bourrés ?

J'inspire profondément. Pourquoi ? Car Amber est magnifique et que j'ai été jaloux de savoir qu'elle voulait se caser avec un homme.

— Non, nous n'étions pas bourrés, réponds-je. Et où as-tu eu l'appareil ?

— Déjà, je l'ai trouvé dans les affaires de ta sœur, s'exclame-t-elle, en mettant ses mains sur ses hanches. Elle l'avait oublié ici. Alors, pourquoi ?

Je me recule de quelques pas. Je n'ai pas l'intention de lui dire. J'observe Amber qui, elle, a l'air d'attendre la réponse.

— Je n'ai rien à te dire.

— Oh que si ! Ton père, lui, s'en fout peut-être, mais pas moi ! Je n'arrive pas à le croire ! Je croyais que nous étions une famille... pas ce genre de chose... ça n'aurait jamais dû arriver. Vous auriez dû vivre votre vie séparément... Je me demande même si ce n'était pas une erreur !

— Amber n'est pas une erreur, lancé-je amèrement.

Ses yeux me lancent des éclairs. Elle n'aime pas savoir que j'ai touché à la fille qu'elle a adoptée.

— Je n'ai pas dit que ma fille était une erreur. Mais votre relation, oui. Vous ne pouvez pas faire ça.

— Nous n'avons pas le même sang, nous défends-je.

Jade n'aime pas que je la contredise. Seulement, dans cette histoire, elle aura toujours tort. Amber et moi avons le droit à une chance et elle ne peut pas choisir pour nous deux.

— Si j'avais su ce qui allait arriver... Je vous ai tous les deux pris comme mes propres enfants...

— Je t'ai pris comme ma mère, craché-je, sur un ton agressif. Mais tu n'es pas capable de tenir ce rôle. Ma mère m'aurait soutenu et approuvé tant que je suis heureux.

— Si ta mère était encore là, cela voudrait dire que nous deux nous ne le serions pas. Qu'aurais-tu voulu qu'elle approuve ? Rien.

— Merde ! Amber... c'est différent.

— Et donc, puisque vous n'avez pas le même sang, vous pouvez en profiter pour... coucher ensemble sans que l'on vous dise quoi que ce soit ?

Elle commence à s'énerver. Et moi aussi. Bizarrement, pour la première fois, je n'arrête pas de me dire en boucle qu'elle n'est pas ma mère. Parce que c'est vrai, biologiquement. Mais c'est surtout pour me laisser croire que je pourrais partir d'ici sans rien dire. Ce qui n'est pas vrai. Je ne peux pas m'enfuir.

Même si je suis déçu et agacé par ce que j'ai découvert au sujet de Nathanaël je suis sûr d'une chose : ce qui compte le plus pour moi est Amber. Rien qu'à ma façon de nous défendre, tout le monde peut le comprendre.

— Non, ce n'est pas pour ça. Je m'en fous de ça !

Amber reste dans son coin et nous observe nous crier dessus. C'est la toute première fois que nous sommes en désaccord. Ça me fait bizarre. Elle a toujours été un modèle, voilà qu'elle passe au rang de la dernière personne que j'ai envie de voir.

— Alors c'est pour quoi ? Pour le fun ? Parce que tu n'as pas envie de trouver une vraie amoureuse ?

J'ai peur de ce que je vais dire. Je frissonne et déglutis.

— Parce que j'aime Amber, soufflé-je, en brisant le long silence qui s'était installé.

La mâchoire de ma mère se décroche. Quand j'examine la réaction d'Amber, cette dernière a les yeux humides.

— Parce que je l'aime et que je ne veux pas la perdre à nouveau, continué-je. Peu importe ce que vous pensez de nous, je suis désolé, mais je ne regrette rien. Alors non, je n'ai pas été heureux avec Amber. J'étais vivant, comme si tout était parfait.

— Pourquoi être parti avec Amélie ? me demande Amber.

— Parce que je sais très bien que c'était impossible entre nous. Je croyais que je devenais fou, car j'étais triste de ma rupture avec Amélie. Ce n'était pas le cas. Je me suis enfermé dans un mensonge par peur. Peur que nos parents t'abandonnent, peur que, pour toi, ce ne soit qu'un jeu...

Je n'ose pas lancer un coup d'œil à ma belle-mère. Je sais déjà qu'elle doit être énervée par ce que je viens d'avouer. Amber laisse échapper un sanglot et se précipite sur moi. Je panique un peu. J'ai rarement vu une femme se diriger ainsi vers moi. Je ne l'évite pas et la repousse encore moins. Amber se blottit dans mes bras et me serre contre elle.

Je viens vraiment de dire ce que j'avais sur le cœur depuis longtemps ? Je me sens bizarrement soulagé. Je souffle, content. Bordel. Je n'aurais pas dû tout garder.

— Amber, si j'avais su... jamais je ne serais parti. Je m'en veux vraiment. Tu aurais dû me le dire et me gifler pour me le faire comprendre. Je n'ai pas été là quand tu avais besoin d'aide. Je t'ai laissée seule, pensant que c'était la meilleure chose à faire. Je ne regrette pas Amélie, mais je regrette plus que tout de t'avoir abandonnée pour une femme qui se foutait de moi.

— Gabriel...

Je la fais taire en posant mes lèvres sur les siennes. Ça a le don d'arracher un cri provenant de mes parents. Je ne leur porte pas attention. Je m'en fous, même.

— J'aurais dû vous écouter, la coupé-je. Elle n'était là que parce que je pouvais lui offrir tout ce dont elle rêvait. Parce que je disais oui au moindre de ses caprices. Tout ce qui lui importait était ses désirs et son corps. Oh, si tu savais. Elle m'a menti. Elle a avorté pour ne pas avoir d'enfants avec moi. Et il y a quelques jours, elle m'avait annoncé être enceinte... de son amant ! J'ai été stupide et aveugle... J'avais tellement peur de perdre encore les personnes que j'aimais que j'ai finalement tout perdu. Il ne me reste plus que vous trois. Enfin, vous quatre. Je n'ai plus rien. Je n'ai vraiment plus que vous et il est hors de question que je vous perde à nouveau.

Je finis par regarder ma mère. Elle semble dubitative. Malheureusement, c'est la vérité. Je n'ai plus qu'eux.

Amber, qui ne m'a toujours pas lâché, renifle et prend enfin la parole.

— En fait, tu as abandonné tout ce qui était trop compliqué à tes yeux, toute ta vie...

Je suis piqué à vif. Elle n'a pas tort. Je me planque. De peur de faire du mal, de peur de me tromper. Amber a raison. Sa manière de parler, sans filtre, est fascinante. Quand elle veut quelque chose, elle le fait comprendre. Enfin, ça dépend... Mais elle est de nature expressive et directe. Elle n'a pas de filtre. Elle dit ce qu'elle pense. C'est ce que j'aurais dû comprendre avant. Mais je ne voulais pas y croire, puisqu'elle aime aussi charrier ses proches. OK, je vais me battre. Maintenant, je n'ai plus le choix. Je ne veux plus être celui qui se trouve derrière les autres, celui qui aide tout le monde comme il peut sans rien dire.

Je ne sais pas du tout où tout ça va me mener, mais il est sûr que je ne veux plus me retrouver éloigné de ma famille. J'ai commis une erreur pour une femme. Je me suis laissé faire. J'ai même cru que c'était de ma faute si ma mère biologique et ma petite sœur Laure étaient mortes. J'ai cru que je portais la poisse à certains moments.

Et si je vivais simplement ? Et si j'arrêtais de me mettre des problèmes ? Si je veux quelque chose, alors je le prends. Si je désire une femme, alors je ferais tout pour qu'elle soit mienne. J'ai la sensation de renaître, de comprendre qui je suis et avec qui je veux être. Pour mon bien et celui de ma famille, je vais sortir les pourritures de ma vie, ne plus faire facilement confiance aux gens.

Chapitre 6

Mes paupières s'ouvrent avec difficultés. Je n'ai même pas envie de sortir de ce lit. Seulement, j'y suis obligé. Aujourd'hui, je vais voir le fils d'Amber. Mon fils. Nathanaël. Peut-être en tant que père. Je ne sais pas du tout si je me sens prêt à accepter ce rôle. Cela va changer toute ma vie.

Nos parents sont au courant pour presque de tout. Amber ne leur a juste pas dit pour le petit. Tant mieux. Ils n'ont pas déjà supporté ce qu'il se passe entre nous deux... enfin, surtout notre mère.

Je me prépare avec hâte et descends déjeuner à la cafétéria de l'hôtel où je dors depuis deux jours. J'ai préféré m'éloigner pour remettre en ordre mes priorités. J'ai pratiquement tout prévu. Je sais déjà que tout ne sera pas comme je le désire. C'est comme ça, c'est la vie.

En tout premier, je désire voir Nathanaël. Ce fils dont je viens d'entendre parler pour la première fois depuis sa naissance à Noël. Puis, j'aviserai. Je parlerai avec Amber, ça, c'est sûr.

Maintenant que j'ai mis à plat mes sentiments, je ne sais pas comment m'y prendre. J'ai peur de faire une erreur, de brusquer les choses ou même de me tromper.

Quand je remonte dans ma chambre d'hôtel, je prends les cadeaux que j'ai pris pour le petit. Ne sachant pas ce qu'il aime, j'ai demandé à Amber. Pour elle, c'est une mauvaise idée. Elle ne veut pas que j'arrive en lui offrant des jouets pour le mettre dans ma poche. Elle n'a pas tort, comme d'habitude, mais arriver les mains vides, ce n'est pas ce que je préfère. Déjà que je n'avais pas de cadeau pour lui lors de Noël !

Je suis parti le vingt-six décembre de chez mes parents. Même s'ils disent accepter le fait qu'Amber et moi avons couché ensemble, et qu'éventuellement on s'aime, ils n'ont pas arrêté le reste de la journée de faire des grimaces. Je ne faisais rien de mal. Je câlinais Amber, je l'embrassais sur la joue. Je conçois que c'est assez étrange comme situation, que tout est allé vite entre nous deux, mais ils n'ont pas leur mot à dire.

Je suis passé le jour d'après à mon appartement. J'y ai trouvé Amélie avec son nouveau mec en train de coucher sur le canapé. J'étais avec Amber. Nous avons récupéré mes quelques affaires, avant de venir les déposer chez nos parents. Ils ont accepté de laisser mes cartons dans mon ancienne chambre le temps que je trouve un studio.

Je ferme la porte et dévale les escaliers. J'ai vraiment hâte de revoir ce môme et, en même temps, je suis plus qu'effrayé. Et si ça se passait mal ? Me voilà en train de m'en faire pour une chose aussi... aussi importante !

Je démarre mon véhicule et suis l'itinéraire donné par ma demi-sœur. Je roule avec prudence. Il a neigé toute la journée d'avant. Je suis resté enfermé à psychoter dans la chambre d'hôtel. À me demander si ma belle-mère, Jade, a découvert le secret que cache Amber. Et si elle sait que je suis son père. Non, elle l'aurait dit !

Tout doucement, je me rapproche de son appartement. Lorsque je me retrouve devant le bâtiment, mon cœur bat la chamade. Mon ventre est noué. J'hésite même à faire demi-tour et repartir à l'hôtel pour y rester planqué.

Je sors de ma voiture. Je fais le vide en soufflant plusieurs fois. Je marche d'un pas lent jusqu'aux portes où il y a l'interphone. Je vois le nom de ma demi-sœur, Amber Campbell et appuie sur le bouton.

— Je t'ouvre, me fait-elle, sans me laisser le temps de me présenter.

Un petit bruit me signifie que je peux ouvrir la porte. À l'intérieur je ne m'arrête pas dans le hall et monte les escaliers pour aller au deuxième étage. Sur le palier, je reste quelques secondes, hésitant. Ce qu'il va se passer dans cet appartement va changer nos vies. Soit nous ne nous reparlerons plus jamais, soit nous resterons ensemble jusqu'à la fin.

La porte s'ouvre sur Amber. Un sourcil arqué, elle me dévisage avant de m'inviter à entrer. Nous nous saluons d'un simple geste de la tête.

— Je vais appeler Na..., commence-t-elle.

— Je suis là, la coupe-t-il, en apparaissant derrière elle.

Amber tourne son visage vers son fils et lui sourit. Il porte un jean et un pull noir. Quant à elle, elle a un jean bleu clair et un haut rouge qui lui va parfaitement.

— Coucou, Nathanaël.

— Coucou, tonton.

Tonton. Je lui souris. C'est la première fois que j'entends ce surnom. Ça me fait tout drôle !

Je me laisse penser que c'est ça, ce que j'ai loupé. Une famille. Je baisse les yeux sur mes pieds.

— On devrait aller dans le salon, me dit Amber.

J'acquiesce silencieusement. Le petit se retourne sans même prêter attention aux cadeaux et va dans la première pièce à droite. Nous le suivons. Amber me donne un coup de coude, comme pour me dire qu'elle me l'avait bien dit. Si mon intuition est bonne, le petit a le même caractère que sa mère. Je ne sais pas encore si c'est une bonne chose !

Le petit s'assoit entre Amber et moi. Il se cale contre elle, tout en me regardant, les yeux plissés. Il se méfie de moi. Il a raison. Son oncle apparaît du jour au lendemain et accapare l'attention de sa mère ! Moi aussi, j'aurais été jaloux.

— Tu veux quoi à ma maman ?

La prendre immédiatement, tellement elle est magnifique... pense ma conscience.

Je soupire. Il va falloir que je me calme. Je suis à peine arrivé que j'ai déjà envie de me jeter sur elle. Ce n'est même pas le but de ma visite. D'ailleurs quel est le but ? Réfléchir à mon futur. Notre futur.

Quand je lève mes yeux vers Amber, elle semble agacée. Elle fronce ses sourcils et désigne son fils, comme si elle avait compris ce que j'ai dans la tête.

— Nous nous connaissons depuis que nous sommes enfants, réponds-je. Elle m'a appris ton existence juste à Noël.

Le petit roule des yeux.

— Ce n'est pas ce que j'ai demandé.

Bon, il va arrêter avec son interrogatoire ? Je comprends pourquoi peu d'hommes accepteraient d'avoir une relation amoureuse. S'il fait passer des castings à chaque mec, elle risque bien de finir sa vie toute seule. La pauvre. Mais je serai là. Peu importe s'il ne veut pas de moi.

— Ce que je veux à ta maman est strictement confidentiel. Tant que tu ne seras pas adulte, tu ne le sauras pas.

— Tu ne seras plus là, quand je serai adulte, lance-t-il.

Bon, il a de la répartie. Comme sa mère. Je me penche sur le petit, amusé par sa façon de me parler.

— Qu'est-ce que tu en sais, toi ?

Il hausse des épaules, alors qu'Amber lui caresse les cheveux.

— Même mon papa m'a abandonné.

En entendant ça, mon cœur se crispe. C'est moi son père. Mais je ne l'ai pas abandonné. Je ne savais pas son existence. Si Amber me l'avait dit, j'en aurais profité pour avoir une excuse pour rester auprès d'elle. Pour avoir la force de me battre mentalement contre moi-même et mes parents. Cet enfant aurait tout changé.

— Peut-être que ton papa ne sait pas que tu es là ? risqué-je.

Il secoue la tête. Je sens le regard d'Amber posé sur moi. Elle doit se retenir de me choper et me frapper pour me faire taire.

— Non. Il a laissé maman et ne lui a jamais repar... parlé.

Il bafouille un peu, tentant de trouver le mot qu'il veut dire. Si en plus elle lui a donné une mauvaise version ! Elle me fait passer pour le méchant de l'histoire.

OK, j'ai cédé à la tentation. OK, c'est arrivé plusieurs fois et, oui, je l'ai laissé pour me remettre avec mon ex. Bon, en fait, oui, je crains. Il a bien raison de vouloir la protéger ainsi. Je ne lui ai pas apporté que du bon.

Il ne me laisse pas le temps de le réconforter qu'il reprend la parole.

— Maman... je peux aller dans ma chambre ?

Amber arrête ses caresses. Elle ne semble pas enchantée par la demande de son fils.

— Gabriel est venu pour toi, lui dit-elle.

— Pourquoi ? Tu as dit que juste papa viendra me voir.

Je ne peux m'empêcher de me demander si c'est ce que je veux. Ai-je vraiment envie d'avoir ce rôle ? Père. Je n'en sais rien. C'est beaucoup de responsabilités que je ne suis pas encore prêt à prendre. Mais y a-t-il un moment pour se sentir prêt ? J'ai bien peur que non. Ça nous tombe comme ça, sans qu'on s'y attende. Amber n'a pas eu le choix. Elle a fait comme elle a pu et toute seule.

Un lourd silence pèse. Amber et moi nous observons, inquiets. Même si je sens qu'elle a envie de lui dire, je ne veux pas. Je sais que c'est probablement dur pour elle, mais elle ne peut pas me forcer à prendre ce rôle aussi vite. Nous devons en parler à nous deux.

Le petit se redresse et s'approche de moi. Il m'examine, alors que je prends un air décontracté et lui souris. Sa main se pose sur ma joue gauche et me regarde dans les yeux. Il y a une chose que je remarque. Ses grains de beauté. L'un sur sa tempe gauche et l'autre à sa joue droite. Comme si nous étions connectés, son index vient se poser exactement au même endroit sur mon visage. Il touche ma tempe et ma joue en fronçant des sourcils.

— J'ai les mêmes, me dit-il.

J'acquiesce de la tête. Il ne semble pas comprendre ce que ça veut signifier. Même s'il ressemble assez à sa mère, je me vois en lui. Il me ressemble étrangement quand j'étais petit et que j'avais le même âge que lui. C'est assez bizarre. Je n'ose pas le toucher et reste immobile.

Ce qui se passe me glace le sang. Il vient se coller contre moi et pose sa tête au creux de mon cou. Il soupire lourdement.

— J'ai entendu maman le dire à Marjorie... annonce Nathanaël.

Les yeux d'Amber s'écarquillent.

— Pardon ? fait-elle.

— Tu as dit qu'un homme venait voir son fils...

Donc, il est au courant depuis le début que je suis son père. Il joue très bien la comédie ! Il doit tenir ça de sa mère...

— Je suis désolée, Nathanaël. Gabriel et moi n'avons pas encore pris de décision. Il n'était pas au courant de ton existence. Je ne voulais pas... que cette première rencontre se passe mal.

Je repousse le petit par les épaules et le regarde droit dans les yeux.

— Tu peux nous laisser ? J'aimerais parler avec Amber... enfin ta maman. Tiens, tu en fais ce que tu veux.

Je prends les cadeaux que j'avais posés sur la table basse et les lui donne. Cette fois-ci, il accepte sans faire d'histoire. Il fait la moue, tandis qu'il descend du canapé.

Il toise les cadeaux avant de hocher de la tête. Quand nous sommes enfin seuls, Amber se rapproche de moi.

— Si tu veux, tu pourrais rester ici quelques jours... hésite-t-elle.

Je secoue la tête.

— Désolé... c'est un peu rapide, refusé-je.

Choquée, elle me dévisage.

— Tu... tu n'en veux pas ? Tu...

Merde. Elle ne me comprend pas.

— Amber ! Comment veux-tu que je sache ? Il y a encore quelques jours, je ne savais même pas que j'avais un fils ! J'ai besoin de temps ! J'ai accepté de le voir, mais tu dois me laisser le temps de m'y habituer. Je voudrais savoir ce que tu attends de moi... OK, il est... enfin, il m'a étonné. Mais je ne suis pas dans ta tête, je...

Elle me fait un signe de la main pour me faire taire. Ce qui marche étonnamment.

— D'accord, je vais te laisser tout le temps dont tu as besoin. Et ce que j'attends... c'est que tu nous donnes une chance. À nous deux. À nous trois.

Je m'attendais à ce genre de réponse. Je sais bien qu'elle voudrait qu'on essaye d'être ensemble réellement et pas seulement pour profiter de temps en temps. Pour ça aussi, j'ai besoin de réfléchir.

— OK, fais-je. Nos parents sont au courant pour... ce que je ressens. Mais... je pourrais faire une erreur. On pourrait se tromper.

Je déglutis. Amber encaisse ce que je dis.

— Tu hésites ? Tu ne veux pas de moi ? Ou tu as juste peur comme toujours ? C'est cette peur qui t'empêche de faire ce que tu veux, et d'être avec ceux que tu aimes. Cette peur te paralyse depuis toujours. Elle te fait baisser les bras... abandonner.

— Amber, soufflé-je. Tu as raison. À force d'avoir peur de perdre ceux que j'aime, je finis par les perdre. Je me suis dit une chose. Je vais me battre. Et là, c'est vrai... en voyant ce petit, j'ai eu peur. En comprenant ce que tu désires, j'ai aussi eu peur.

— Tu sais ce que je veux ? Être avec vous deux.

Elle me montre ses poignets avec insistance. Je n'avais jusque-là jamais vu ses cicatrices. Pourtant, elles sont bien là, signe qu'elle ne m'a pas menti et qu'elle a vraiment tenté d'en finir par ma faute. Car je n'étais pas là pour elle.

Je ne sais pas ce qu'elle veut me faire comprendre en me les montrant, mais je panique un peu. Je l'imagine en train d'en finir. J'attrape ses mains chaudes et les approche de moi. J'embrasse chacun de ses poignets, remerciant intérieurement qu'elle soit toujours là.

— J'ai aussi abandonné, me dit-elle, avec une voix tremblante. Je ne me sentais pas prête pour l'avoir. Je n'en voulais pas. Surtout pas seule, pas sans toi. Quand je me suis réveillée à l'hôpital, il n'y avait que ma voisine. Je me suis sentie une fois de plus abandonnée. Personne n'a su ce qu'il s'était passé. Je m'en suis remise seule. J'allais travailler jusqu'à ce que je sois obligée de m'arrêter à cause de la grossesse. C'est quand j'ai croisé Marjorie que tout est allé mieux. Elle a été là pour moi... elle m'a aidée et soutenue comme personne dans ces moments.

Elle se tait quelques instants, le regard humide.

— Pourquoi ne pas avoir prévenu nos parents ? Pourquoi ne pas leur avoir dit que tu étais toute seule ?

Sa lèvre inférieure tressaute. Elle hausse des épaules et pince sa bouche.

— Quand maman a vu que j'étais enceinte, j'ai immédiatement dit que j'étais en couple. J'ai dit que tout allait bien, que j'étais heureuse. Je leur ai dit des mensonges depuis le début. Comment voulais-tu que je leur annonce qu'en fait, j'étais totalement seule, enceinte de mon demi-frère et que je venais de faire une tentative de suicide ? Ils ne l'auraient pas supporté.

— Donc, c'est toi qui as supporté ça toute seule. Et pour l'accouchement ?

Elle hésite et baisse la tête, avant de la lever et plonger ses yeux dans les miens.

— J'étais seule, avoue-t-elle. Les infirmières ont été très gentilles avec moi... Maintenant, je suis plus qu'heureuse avec Nathanaël. Je suis contente de l'avoir. Si j'avais su... J'ai été stupide et terrifiée d'avoir un enfant jeune.

— Je m'en veux, Amber, déclaré-je. Si j'avais vu le moindre de tes appels... le moindre message... soit certaine que je t'aurais répondu.

Elle grimace et secoue la tête de gauche à droite.

— Tu as décroché plusieurs fois et tu m'as raccroché au nez.

Ma mâchoire se détache. Je la regarde, hébété, ne sachant pas si elle plaisante ou si c'est la vérité.

— Non, Amber, jamais, rétorqué-je.

Ses yeux se lèvent au ciel, alors qu'elle laisse tomber ses mains sur ses cuisses.

— Ne me mens pas, Gabriel.

— Ce n'était pas moi !

Elle semble dubitative. Sauf que je sais ce que je dis. Je n'ai jamais vu le moindre de ses messages ni de ses appels.

Le silence est revenu. Je la détaille des yeux. Ses cheveux noirs sont attachés en queue de cheval. Elle porte pour la première fois une paire de boucles d'oreille créoles argentées. Ça lui affine le visage. Je continue mon chemin et me stoppe sur ses magnifiques lèvres.

— Ce n'était pas moi, répété-je, tout en gardant les yeux plongés sur sa bouche qui s'approche dangereusement de la mienne.

Elle plaque ses lèvres contre les miennes et m'embrasse amoureusement. Je lui rends son baiser. Lorsque nous nous écartons pour reprendre notre souffle, ma main vient caresser avec douceur sa joue. Elle ferme les yeux à ce contact.

— Je ne veux pas te perdre, Gabriel. Si tu as vraiment envie d'être avec moi, alors... le seul problème devrait être de savoir si tu viens habiter chez moi ou si tu préfères prendre un appartement. Le reste n'est pas important.

On s'en fout que les parents soient choqués de nous voir ensemble. Ils ne savent rien de ce qu'il s'est passé entre nous.

Elle est en train de me proposer d'habiter chez elle. Je ne sais pas quoi dire.

— Je... je ne sais pas..., bafouillé-je bêtement.

Amber arque un sourcil, une moue dessinée sur ses lèvres.

— Tu as peur.

— Oui. Ça va un peu vite à mon goût.

Elle hoche de la tête, en signe de compréhension.

Alors oui, nous nous aimons depuis longtemps. Nous avons déjà passé certaines étapes et nous avons déjà habité ensemble, puisque nous avons grandi dans la même famille. Mais il faut que j'arrive à la prendre comme une femme avec qui j'ai envie de partager le reste de ma vie.

Chapitre 7

J'ouvre les portes brutalement. Je suis énervé. Je ne vais pas me laisser marcher sur les pieds. À l'intérieur de l'agence immobilière, j'ignore Sonia, la dame de l'accueil, qui semble étonnée de me voir. Je passe le long couloir qui mène au bureau de Julien Stoke, PDG. Je ne me soucie pas de savoir s'il est occupé et entre dans son bureau. Je referme la porte derrière moi et viens me positionner à son bureau, penché au-dessus de lui.

Je viens de recevoir une lettre de sa part, disant que je suis licencié. Les motifs sont simples. Je serais désagréable, toujours en retard et, en plus, j'aurais rapporté moins ces derniers mois. Je ne sais pas ce qui a pris à mon patron, mon ancien patron, mais il a trouvé de fausses choses juste pour me faire virer. Bravo à lui.

Amber m'attend dehors. Elle a tenu à m'accompagner pour me soutenir. Elle m'a parlé pendant le trajet. Elle m'a remonté à bloc. Je suis telle une cocotte-minute sur le point d'éclater à tout moment.

Julien me toise et se lève. Il n'a pas du tout l'air content de me voir. Il arrange son costume sur mesure et me lance un regard noir.

Julien est un peu rond, brun, aux yeux marron. Il est célibataire et profite pleinement de ce statut.

— Vous pouvez sortir, Monsieur Campbell, me dit-il, sur un ton froid.

— Non. Vous savez que je peux faire appel au prud'homme pour faux motifs de licenciement ? Par exemple, je peux recueillir les témoignages de mes collègues qui n'hésiteront pas à dire la vérité. Vous savez ce que vous risquez ? Enfin, plutôt ce qu'il va arriver...

Il souffle, exaspéré et se rassoit dans son fauteuil en cuir.

— Qu'est-ce que vous voulez ?

Je souris. Il a craqué bien plus facilement que ce que j'imaginais. Je prends une profonde inspiration et m'assois en face de lui sur un des deux sièges.

— Je voudrais savoir pourquoi vous m'avez licencié... la vraie excuse, pas les fausses.

Il arque un sourcil, étonné. Alors qu'il fait mine de me répondre, la porte s'ouvre. Je tourne la tête et découvre qu'Amber est là. Je penche un peu la tête et aperçois que Nathanaël est assis dans le couloir. Elle s'avance jusqu'à nous, sans lâcher des yeux Julien Stoke.

— Vous êtes ? demande Julien à ma sœur.

— Amber Campbell, se présente-t-elle froidement.

Je ne sais pas pourquoi, mais je sens que ça va déraper. Amber est brute parfois. Elle ne se laisse pas marcher sur les pieds, surtout pas par des garçons tels que Stoke. Elle plaque ses mains sur le bureau de mon ancien parton et fronce des sourcils. Si elle continue, elle va l'effrayer !

— Mademoiselle Campbell... je suppose que vous êtes la demi-sœur de Gabriel. Ravi de faire votre connaissance.

Il lui fait un sourire charmeur. Je serre les dents. Il ne va quand même pas la draguer sous mes yeux ?

— Pas moi, lance-t-elle. J'aurais aimé ne jamais vous rencontrer. Alors maintenant, vous allez me dire pourquoi vous l'avez viré. Gabriel ne le mérite pas ! Il a toujours travaillé durement, alors vous avez in...

— Je ne peux pas vous le dire... Je vous demande de quitter tous les deux mon bureau.

— Vous vous foutez de ma gueule ? OK, comme vous voulez. La police sera ravie de savoir que vous avez une double vie avec Marjorie Bonnefoy.

Je suis autant hébété que Julien Stoke. Je n'arrive pas à croire ce que j'entends. Il a une double vie !

— Je… heu... OK, je vais tout vous dire. Je ne peux pas avoir un employé tel que Gabriel. Je suis navré. Normalement, le passé est le passé... Mais là...

Il est en train de m'embrouiller.

— De quoi parlez-vous ?

— De ce que Gabriel a fait, répond-il.

Je reste perplexe. Qu'aurais-je fait qui l'aurait poussé à me virer ?

— Qu'a fait mon demi-frère ?

Julien Stoke pince ses lèvres quelques secondes avant d'ouvrir la bouche. Il se penche sur son bureau et cherche des yeux quelque chose. Quand il la trouve, il se saisit d'une feuille et me la tend. Je l'attrape et lis ce qu'il y a d'écrit.

— Je n'arrivais pas à croire cette lettre, nous fait Stoke. Au débu, t j'ai hésité...

Je continue de lire le mot avant de le tendre à Amber. Elle l'attrape et baisse les yeux.

— Monsieur Stoke, lit-elle à haute voix. Mon nom ne regarde que moi, mais ce que je vais vous révéler va tout remettre en cause. Pour vous, c'est au sujet de Gabriel Campbell, agent immobilier qui travaille pour vous. Vous ne devez probablement pas savoir tout de sa vie. Mais moi oui, puisque je le connais depuis longtemps. J'aurais aimé ne jamais le rencontrer. Monsieur Campbell n'est pas aussi sain que ce que vous ne pouvez imaginer. Il a fait accuser un homme de meurtre. Devinez qui il a fait accuser. Le frère de la victime. Vous pouvez chercher sur le net, vous trouverez l'histoire. Gabriel Campbell n'a jamais été mentionné. Pourquoi ? Car personne ne pouvait l'accuser. Seulement, lui-même, sa demi-sœur et deux autres personnes savent qu'il est le tueur du jeune Charly Horson.

Amber fait une pause. Elle me jette un coup d'œil, puis reprend sa lecture.

— Pourquoi aurait-il fait ça ? continue-t-elle. Car Charly Horson était au courant de la relation qu'entretenaient Gabriel et sa demi-sœur. Ils couchaient ensemble. Pour le faire taire, Gabriel Campbell l'a fait disparaître une bonne fois pour toutes, accusant au passage le frère de Charly, Damien. N'est-ce pas triste ? Bien sûr que si. Pourquoi vous le dire ? Pourquoi maintenant ? Car il n'y a pas de prescription. Il doit payer pour tout ce qu'il a fait. Je suis même sûr qu'il est arrivé une fois en retard... Comment le saurais-je ? Je suis plus proche de lui que vous ne pouvez l'imaginer. Même lui ne le sait pas. Quoi qu'il en soit, j'espère que vous ferez ce que vous devez pour protéger votre entreprise. P.S. : Maintenant que vous êtes au courant qu'il baise avec Amber Campbell, et qu'ils ont eu un fils... faites attention à ne pas disparaître.

Heureusement que je suis assis, car mes jambes n'auraient pas soutenu tout ça. Je passe la main sur mon front. Amber jette la feuille sur le bureau rempli de papiers. Amber se laisse tomber nonchalamment sur le siège à ma droite. Elle semble aussi perdue que moi.

— Si je récapitule, fais-je. Une personne de notre entourage a envoyé cette lettre à mon patron. Qui ça ? Qui peut savoir pour l'accident de Charly ? Qui peut savoir ce qu'il se passe entre nous ? Qui pouvait savoir pour Nathanaël, alors que moi-même, je ne savais pas que j'avais un fils ? Qui pouvait savoir mon retard ? Il n'y a qu'Amélie. Mais elle n'est sûrement pas au courant pour ton... notre... enfant. Amber, l'as-tu dit à quelqu'un ?

Cette dernière pose ses yeux livides sur moi. Elle semble effrayée.

— À Damien, et j'avais annoncé que j'étais enceinte à Holly. Mais, depuis environ six ans, je ne l'ai plus jamais revue. Gabriel, quelqu'un pense que tu as tué Charly ! Il pourrait aller plus loin ! Il faut faire éclater la vérité !

— Et tu veux dire quoi ? À qui ? Tu veux revoir ce connard de Damien pour lui dire que son enfoiré de frère a tenté de te violer et que je l'ai battu ? Tu crois vraiment qu'il va nous croire ?

— Mais c'est la vérité ! On doit le dire. Je n'ai pas envie de te perdre pour rien !

Seulement, je ne peux pas le dire. Ça ne sert à rien. Les policiers ne me mettront pas forcément en prison pour avoir frappé un homme qui s'est fait tuer quelques heures après. Enfin, j'espère.

— Mais tu ne vois pas que ça ne sert à rien ? l'interrogé-je. Même si je regrette, plus ou moins, de l'avoir battu, je ne l'ai pas tué. Du moins pas directement. OK, c'est à cause de moi qu'il n'a pas pu éviter la voiture de son frère, mais je n'étais pas là à ce moment-là. Je ne risque rien, Amber. Et si ce n'est pas Damien qui a envoyé cette lettre, ça ne sert à rien de remuer le couteau dans la plaie. Tu l'as dit toi-même, il s'en veut toujours. Alors, lui dire que son frère a tenté de forcer une fille, toi en plus, et que je l'ai frappé jusqu'à ce qu'il saigne... ce n'est pas une putain de bonne idée. Il va sûrement vouloir se venger de ce que j'ai fait.

Je commence à m'énerver. J'ai plus qu'envie de savoir qui est l'enfoiré qui s'amuse avec ma vie. Il m'a enlevé mon job. Une des choses dont j'étais le plus fier. Je me levais pour aider des gens. Certes, pas comme les médecins ou autres personnes qui aident vraiment les gens, mais j'aidais à ma façon, en leur trouvant un endroit où habiter.

Je peux directement enlever Holly, elle a disparu de notre vie depuis pas mal d'années. Quant à Amélie, même si elle sait que j'étais en retard, je doute qu'elle sache pour Nathanaël et pour ma relation avec Amber. Amber, bon je peux directement oublier. Mes parents, bah, ce n'est sûrement pas eux. Ils n'auraient jamais fait ça, même si ma relation avec Amber les gênait. Il y a Damien. Il était au courant pour Amber et moi. Oui, mais voilà, s'il avait su qu'on se verrait à Noël, il en aurait profité à ce moment-là. Il aurait pu se venger directement.

Il n'y a plus personne. Plus personne à accuser.

J'observe Julien qui a suivi toute notre conversation. Il semble lui aussi un peu perdu. Il pose son coude sur son bureau et soutient sa tête avec sa main.

— Donc si je comprends bien, dit-il, vous n'avez tué personne ? Vous avez juste battu ce jeune qui s'en était pris à votre sœur ?

— Oui, répond Amber à ma place. Il n'a fait que ça. Oh si, il m'a ensuite lâché pour retourner avec son Amélie qui ne l'a jamais aimé. Et il a aussi...

— Amber ! m'exclamé-je. Ça, ça ne le regarde pas ! Et tu sais très bien pourquoi !

— Oui ! Parce que tu pensais qu'on ne pouvait pas être ensemble. Parce que tu avais peur et que tu croyais stupidement en cette garce qui t'a toujours utilisé !

Je souffle et lève les yeux au ciel.

— Bordel, Amber ! Ça suffit maintenant. Nous en reparlerons plus tard. Le plus important, c'est l'auteur de cette lettre.

Julien Stoke se racle la gorge. Le pauvre, il assiste à une dispute.

— Je suis plus que navré, Monsieur Campbell. J'ai cru en cette lettre. Si, bien sûr, vous dites la vérité et que vous n'avez rien commis... j'aimerais vous reprendre. J'aurais dû vous en parler. J'ai eu peur que la lettre ne soit vraie et que vous... vous débarrassiez de moi.

Il rit nerveusement, en remettant sa cravate en place. Vraiment ? Pensait-il sérieusement que j'aurais pu le tuer ? C'est de la pure stupidité de sa part.

— D'accord, j'accepte de récupérer mon travail, lui fais-je en souriant. Mais... faites attention. Cette personne risque de réapparaître dans les jours à venir.

Amber attrape mon bras droit et le serre. La tête tournée vers moi, elle secoue mon bras.

— Et si c'était un de tes potes ? Peter ? Isac ou même Nick ?

Je secoue la tête négativement. Ils ont disparu de ma vie quand j'ai quitté le lycée.

— Non, au pire, Holly l'aurait dit à Peter, mais il n'aurait jamais fait ça. Il ne gagnerait rien en retour.

Elle croise les bras sur sa poitrine. Elle soupire avant d'observer Stoke. Là, un grand sourire étire ses lèvres. Je connais ce sourire, c'est le même sourire qu'elle avait au début avec Charly.

— Je suis sincèrement désolée de m'être emportée sur vous, lui dit-elle d'une voix douce.

Elle est réellement en train de flirter avec lui ? Je sais très bien qu'elle fait ça pour me rendre jaloux, puisque je n'ai pas encore pris de décision nous concernant.

Stoke la dévisage, avant d'afficher aussi un sourire.

— Aucun problème, Mademoiselle Campbell, lui fait-il d'une voix suave.

Je n'en crois pas mes oreilles. Mais vas-y, invite-la au restaurant pendant que tu y es ! Je me lève brutalement et attrape Amber par le bras. Je la force à se lever et toise Julien.

— Même pas en rêve. Vous pouvez baver sur l'une de vos femmes.

Je la tire jusqu'à la sortie. Contente de son petit effet, elle soupire et dit au revoir à mon patron. Julien Stoke la salue en retour. Je ferme la porte derrière elle, avant de me tourner vers Nathanaël. Ce dernier nous regarde inquiet.

— Le monsieur a dit oui pour que tu sois mon papa ?

J'étouffe un cri d'étonnement. Il ne me connaît que depuis quelques jours ! Je ne sais pas ce que lui a dit Amber, et là, je suis dans la merde. Je ne peux pas lui dire non et ni lui dire oui. Il faut que je trouve un truc au plus vite.

— Il ne sait pas encore, mens-je. Il doit réfléchir.

Le petit esquisse un sourire en hochant de la tête. Je sens le regard d'Amber posé sur moi. Je ne l'ai toujours pas lâché. De ma main gauche, j'attrape la main du môme et nous entraîne tous les trois hors de cette agence. Nathanaël sautille tout en avançant, comme s'il était heureux. Je pourrais le comprendre. Il vient de rencontrer son père. Je m'attendais à ce qu'il soit énervé, à ce qu'il ne veuille pas de l'homme qui n'a pas été là pour lui. Et ça a été tout le contraire. Il m'a très vite accepté. Jusqu'à présent, nous ne nous sommes vus que trois fois, mais j'ai l'impression qu'il est ravi de m'avoir.

Et ça me fait peur. Je ne veux pas qu'il s'attache à moi, surtout que je n'ai pas encore choisi. Je chipote sûrement pour rien, mais le plus important pour moi, c'est de ne plus faire d'erreurs. En quoi ferais-je une erreur d'accepter de vivre avec eux ? Parce qu'Amber pourrait avoir une véritable chance avec un autre, et pas son demi-frère. C'est triste à dire, surtout pour moi, mais elle mérite un homme, un homme qui n'a peur de rien, ce qui n'est pas mon cas. Même si je suis capable de tout pour elle, parfois, la meilleure solution, c'est de rester éloigné de la personne qu'on aime.

Quelqu'un s'est amusé en me faisant virer. Je ne voudrais pas qu'il s'en prenne à Amber ni à son fils. Soit je reste éloigné et tente de trouver seul cette personne, soit j'affronte tout ça et reste avec elle. Même si je me dis qu'elle mérite mieux, la réaction que j'ai eue plusieurs fois me prouve que je ne pourrais pas la voir avec un autre. Car elle est à moi. Je le sais et elle le sait. Je sais ce qu'elle ressent pour moi, elle sait ce que je ressens pour elle. Pourquoi se soucier du reste ? Pourquoi accepter de se repousser à contrecœur ? Pourquoi laisser les autres gagner à nouveau ?

Chapitre 8

J'ai hésité. J'ai tout remis en question. Et ce qui devait arriver est arrivé. Amélie s'est pointée chez mes parents et leur a annoncé qu'elle devait me parler d'une chose importante. Ils m'ont alors appelé tandis que j'étais chez Amber en train de discuter tranquillement. Qu'est-ce que j'ai appris ? Qu'Amélie était enceinte de moi. La bonne blague, elle m'a annoncé que c'était de son amant. C'est la seule chose qu'elle a trouvée pour que je revienne avec elle. Pourquoi ? Car savoir que je suis proche d'Amber l'énerve. Ou qu'elle n'a pas ce qu'elle désire avec son collègue.

Je ne sais pas s'il s'est passé quelque chose entre elles, ou si Amélie n'aime pas ma demi-sœur, car elle sait que cette dernière m'aime, mais j'aimerais remettre les choses au clair. C'est pourquoi je me dirige vers un café pour parler en tant qu'adulte avec Amélie. Je sens qu'elle ne me lâchera pas tant que nous n'aurons pas parlé.

Quand j'entre dans le café, Amélie y est déjà assise. Ses yeux me trouvent en quelques secondes alors que je viens à elle.

Il y a quatre jours, j'ai fait la rencontre de mon fils. J'ai cru au début que c'était une blague, mais non. J'ai vraiment un fils et je sais exactement ce que je dois faire.

Je la salue respectueusement et m'assois en face d'elle. Elle a un large sourire qui étire ses lèvres colorées d'un rouge brique. Elle s'est déjà commandé quelque chose à boire.

— Gabriel, comme tu le sais... je suis enceinte. Je prenais la pilule, mais il se peut que j'aie oublié un jour. Donc je peux être enceinte de toi.

Je roule des yeux. C'est vraiment stupide. Je ne suis pas con à ce point-là.

— Tu sais bien que ce n'est pas vrai, Amélie. Tu n'as jamais voulu d'enfants avec moi. Tu as même avorté. Alors si tu l'es vraiment, tu t'en occuperas toute seule. Je suis passé à autre chose.

Son sourire disparaît soudainement. Mécontente de moi, sa mâchoire se serre.

— Tu ne peux pas être avec ta sœur. C'est... interdit. Si la police l'apprend...

Je ris bêtement face à ce qu'elle ose me dire.

— Tu sais bien que ce n'est pas interdit, lancé-je. Nous n'avons pas le même sang. Amber n'est pas vraiment ma sœur. C'est donc tout à fait légal. Aurais-tu tenté de me menacer pour que je revienne avec toi ?

Ses yeux se baissent. Elle touille son café nerveusement. Si elle était vraiment enceinte, elle n'aurait pas pris de café !

— Alors j'ai toujours eu raison, souffle-t-elle. Tu l'aimes depuis toujours. Ça a toujours été elle. Même quand elle n'était pas là. Nous n'aurions jamais dû nous remettre ensemble. Tu aurais pu savoir que ta vie était avec elle.

Je suis abasourdi. Si elle le savait, pourquoi est-elle revenue vers moi ? Je serre mes poings. Elle m'a bien eu. Comment ai-je pu ne pas m'en rendre compte ?

— Tu te moques de moi ? Tu étais partie et tu es revenue le jour après le bal en disant que tu m'aimais...

— C'est ce que j'ai dit. Mais, Gabriel, tu es tellement mignon et si bête à la fois. Tu crois tout ce qu'on te dit, surtout si on ajoute des larmes. Pourquoi n'en aurais-je pas profité ?

Un air mutin transforme son visage, alors que le mien doit me faire passer pour un fou.

— Je n'arrive pas à le croire ! m'exclamé-je, énervé. Tu es la pire sur qui j'aurais pu tomber. Dire que je t'ai aimé !

De la main, elle m'arrête.

— Ce que j'ai compris chez toi, c'est que oui... tu m'aimais un peu. Tu es revenu à moi, car tu avais peur. Peur d'être abandonné et de finir seul. Tu pensais qu'avec moi tu aurais toujours ta demi-sœur. Quand je t'ai ordonné de les laisser, j'ai vraiment cru que tu allais me quitter. Mais non. Tu t'es dit amoureux de moi, alors tu as fait ce que je t'ai dit. Parce que oui, si tu avais refusé nous aurions rompu. Et là, tu risquais de te retrouver seul, ne sachant pas si ta sœur t'aimait ou voulait juste baiser avec toi. Tu t'arranges toujours pour être avec quelqu'un. Et c'est ce qui va t'arriver. Tu vas finir ta vie seul.

Je l'observe interdit. Aurait-elle raison ? Aurais-je peur depuis le début de me retrouver seul ?

— Si ta mère et ta sœur sont mortes, continue-t-elle en souriant. C'était le destin. Enfin, c'était supposé te rendre plus fort et ça t'a rendu faible et peureux. Il ne manquerait plus qu'il arrive un truc à ta sœur et là, par contre, tu deviendrais...

Je me penche directement sur elle, l'air menaçant.

— Si tu touches une seule seconde à ma sœur, je te jure que je me vengerai !

Elle arque un sourcil, non étonnée.

— C'est tout ce que je voulais entendre, déclare-t-elle.

Comment ça ?

J'inspire et expire plusieurs fois, en calant mon dos sur le dossier. Une question me brûle les lèvres.

— C'est toi qui as donné la lettre à mon ancien parton, Julien Stoke, supposé-je.

Amélie prend un air outré et pose sa main sur son cœur.

— Quoi ? Quelle lettre ? Non ! Jamais je n'aurais fait un truc comme ça !

Je la crois difficilement. Mais je n'ai pas fini, je vais continuer mes recherches. Je repense à un truc. Si c'est elle qui décrochait et raccrochait quand Amber m'appelait, elle a sûrement dû lire les mails. Donc j'aurais tout faux. Elle pourrait être la coupable ! Avant de l'accuser, il faudrait que je sache ce qu'Amber m'avait envoyé.

— OK, dis-je, voulant écourter au plus vite notre discussion. Je pense que nous nous sommes tout dit...

Je me tais pour qu'elle affirme mes mots.

— Non, rétorque-t-elle. J'aimerais que tu dises à ta sœur qu'elle a finalement gagné.

Je souffle. Qu'aurait-elle gagné ?

— De quoi parles-tu Amélie ? Qu'est-ce qu'il s'est passé entre vous pour que vous vous détestiez autant ?

Amélie hausse des épaules et boit une gorgée de son café. J'attends patiemment qu'elle me réponde. Je sens qu'il y a un truc. Elle repose la tasse lentement, comme si elle tentait de jouer avec mes nerfs.

— Demande-lui. Sur ce, tu peux te barrer si tu n'as plus rien à m'offrir.

Comment appelle-t-on une femme comme ça ? Une garce ? Peut-être bien... Son confort l'importe plus qu'autre chose.

Je me lève, effectivement, je n'ai plus rien à lui dire. Sans me retourner une seule fois, je sors du café. Je marche dans la rue, faisant attention où je mets les pieds pour ne pas tomber sur une plaque de verglas.

Je suis stressé. Ce soir, je vais passer la nuit chez Amber. Elle m'a invité à manger et à rester dormir. J'ai peur de craquer à nouveau. Pourtant, je sais que c'est inévitable. Au plus profond de moi, je sens que c'est elle. Mais je ne la toucherai pas tant que je ne lui aurai pas dit mon choix. Choix que j'ai pris aujourd'hui même.

Quand j'arrive à son appartement, je respire un bon coup. Ma vie va prendre un tout nouveau départ. Même si je ne suis pas encore prêt, je suis sûr de moi. Je vais apprendre sur le tas. Je vais faire des erreurs, mais c'est normal d'en faire. Et surtout, je ne vais pas regretter d'avoir choisi cette voie. Il y a pas mal de choses que je pourrais regretter, à commencer par Amélie. Si je n'avais pas été aussi con, je ne serais pas retourné avec elle. J'aurais continué ma relation avec Amber en secret jusqu'à l'avouer à nos parents. J'aurais pu élever Nathanaël et avoir une famille. J'aurais pu être entouré des gens que j'aime depuis toujours.

Je monte les escaliers, deux marches à la fois, impatient de retrouver Amber. Dans ma tête, j'ai l'impression d'être en couple avec elle. Mais en réalité, je suis toujours son demi-frère et le serai jusqu'à ce que je décide de me mettre ou non avec elle.

Elle m'ouvre la porte et me sourit. Je me penche sur elle et dépose mes lèvres sur les siennes. Elle ne me repousse pas et me rend mon baiser. Puis, Amber me laisse entrer chez elle. Nathanaël est dans la cuisine en train de goûter et faire ses devoirs. Très mauvaise chose. On ne peut pas combiner les deux ensemble. Le goûter est un moment important pour l'enfant, les devoirs peuvent se faire après.

Amber se penche à côté de son fils et l'aide. Je reste debout à l'écart contre l'encadrement de la porte. Lorsqu'Amber relève la tête, elle me fait signe de me joindre à eux. Elle me désigne la chaise en face de Nathanaël. Je prends quelques secondes, puis viens m'asseoir. Je retire ma doudoune et la mets contre le dossier de la chaise. Les mains sur mes cuisses, je les observe en silence, comme si j'étais de trop. Ils ont une complicité et je n'en fais pas partie. Je n'ai aucune place ici.

Et pourtant, je n'ai pas envie d'être ailleurs. Je sens au fond que je finirai par me faire une petite place. De toute façon, je n'ai pas d'autre choix. Je l'aime et ne me vois plus sans elle.

— Voilà, dit Amber. C'est parfait. Maintenant, tu dois faire la lettre d. Attend, Gabriel va prendre ma place.

Mon cœur rate un battement. Je ne vais quand même pas l'aider ! Malheureusement, si. Amber s'écarte du petit et va à son plan de travail. Tout en passant, elle m'a donné un coup d'épaule pour que je fasse ce qu'elle a dit. En soufflant, je me lève et me mets exactement à la place de ma demi-sœur. Je me penche au-dessus de Nathanaël qui ne m'a pas lâché du regard. Je regarde ce qu'il doit faire.

— Oh, tu dois réécrire les lettres ? fais-je, sur un ton faussement joyeux.

— La maîtresse veut qu'on écrit comme elle ! s'exclame-t-il en souriant. Elle aime pas que j'écris à ma façon.

— Que j'écrive, le reprends-je. La maîtresse veut qu'on écrive comme elle et... elle n'aime pas que j'écrive à ma façon.

Il fait la moue et tourne la tête vers son cahier. Ne me dites pas qu'il est susceptible ? Il s'applique à faire la lettre d dans les marges, comme le modèle donné. Quand il en a terminé une, il la montre à Amber qui lui fait un sourire, alors qu'elle est en train de préparer quelque chose. Nathanaël se remet à son travail et ne se laisse plus déconcentrer. Quand il a fini, il range ses affaires, probablement dans sa chambre. Nous n'échangeons aucun mot pendant son absence. J'aimerais lui parler en privé, lui dire ce que j'ai décidé et ce qu'Amélie m'a dit. Là, le petit pourrait nous surprendre.

Nathanaël revient et se remet à sa place. Il attrape une crêpe et la mange. À la couleur, je peux deviner qu'elle est au Nutella. Amber me tend une assiette et m'invite à la manger à côté du môme. Je m'assois et la remercie. Amber se met en face de moi. Elle s'est aussi servi une crêpe. Sachant ce que je préfère, elle me donne le pot de pâte à tartiner. Elle opte pour le sucre.

— Sur le coup, papa et maman ne veulent pas venir demain soir, m'annonce Amber. Je suppose que papa aurait voulu venir...

Je pince mes lèvres. Je n'avais jamais imaginé que notre mère prendrait aussi mal notre relation.

— Il faut lui laisser du temps, dis-je. Elle va finir par nous comprendre.

Un sourire se dessine sur les lèvres de ma demi-sœur.

— Comprendre quoi ?

— Tu le sais bien, Amber. Je t'aime et je ne te laisserai plus jamais tomber, sauf si tu n'as plus envie de moi...

Sa main se pose sur la mienne, attirant l'attention de Nathanaël qui fait la moue.

— Tu sais très bien que je n'attends que toi depuis longtemps, imbécile !

— Alors, tache de ne plus flirter avec des connards sous mes yeux, lancé-je, d'une voix froide.

Elle me fait de gros yeux, comme on fait à un enfant. Sans que je m'y attende, je reçois une tape sur mon épaule. Je glisse mes yeux vers le petit qui vient de me frapper.

— On ne frappe pas, lui dis-je, sur un ton dur.

Même s'il ne m'a pas fait mal, c'est une question de principe. On ne frappe pas les gens. Ni ses parents ni ses amis, personne. Parents ? Mon cœur se resserre en pensant à ça.

— Tu as dit un gros mot !

Je roule des yeux et me tourne vers Amber. Je ne suis pas amusé par ce qu'il m'a dit.

— Faudra par contre lui expliquer qu'on ne frappe pas, dis-je à Amber.

Elle esquisse un faible sourire.

— C'est moi qui lui ai donné l'autorisation pour cette fois-ci !

Je prends un air outré.

— Tu te moques de moi ? Amber, ce n'est pas bien ! Je peux comprendre que tu ne veuilles pas que l'on dise des gros mots devant lui, mais tu aurais dû me reprendre moi. Pas lui.

Amber fait la moue. Elle hausse des épaules et sourit à son fils.

— Tu as entendu pa... Gabriel ?

J'ai eu un coup de chaud. Elle a failli m'appeler Papa. Le petit secoue la tête de haut en bas, Amber me lance un bref coup d'œil. Elle me fait un sourire forcé. Je ne soutiens pas son regard. Je suis un peu gêné. Tout cela va un peu vite à mon goût.

Le petit termine sa crêpe et nous observe chacun à notre tour. S'immiscer dans une relation comme celle-ci risque d'être très dure. Le début va être compliqué, il risque de ne pas aimer ma présence. Je ne vais probablement pas savoir comment agir à certains moments, je vais m'énerver. Mais je sais que je vais finir par aimer ce que je serai, avec qui je serai.

— Nathanaël, pourrais-tu aller dans ta chambre ? lui demandé-je, d'un ton doux.

Il plisse ses yeux avant d'accepter. Le petit sort de table et quitte la cuisine. Nous restons tous les deux silencieux pendant quelques minutes. Sa main se pose sur la mienne. Elle sait bien que nous ne pouvons plus retarder cet échange.

— Avant de te dire ce que j'ai décidé, je voulais te parler d'Amélie. Elle veut que tu saches que tu as finalement gagné... De quoi parle-t-elle ? Et je voulais savoir si tu avais parlé du môme une seule fois dans les messages que tu m'envoyais.

Amber prend une profonde inspiration. Sa main se retire de sur la mienne.

— Pour les messages, je crois l'avoir dit une fois. Je n'ai pas insisté, j'avais peur. Je te demandais juste de me rappeler, de me répondre que j'avais un truc important à te dire. Et pour ton ex, c'est de l'histoire ancienne, Gabriel. Je suis passée à autre chose.

— Amber ! Si Amélie a lu tous tes messages, elle pourrait être au courant pour notre enfant... Et que ce soit passé ou non, je veux le savoir.

Elle roule des yeux. Seulement, je ne la laisserai pas tranquille tant que je ne saurai pas ce qu'il s'est passé entre elles.

— OK. C'était au tout début, avant que vous ne sortiez ensemble. Nous passions peu de temps ensemble. Avec Holly, nous étions amies jusqu'à ce qu'elle décide que tu allais lui appartenir. Au début, j'ai cru que c'était juste parce qu'elle était jalouse de notre relation demi-frère-demi-sœur. Et ça m'a énervé. Tu étais devenu son obsession. Nous nous sommes disputées quand vous veniez de vous mettre en couple.

Elle marque une petite pause le temps de me laisser tout digérer.

— Je... j'étais très en colère de vous voir tous les deux et une fois elle m'a nargué dans les toilettes. Je l'ai attrapé par les cheveux et je l'ai poussé contre la porte d'un cabinet. Nous nous sommes battues quelques minutes, jusqu'à ce qu'Holly nous sépare. Là, elle m'a sorti que c'était trop tard, qu'elle avait gagné et que, pour mon bien, je ne devais pas ébruiter ce qu'il s'était passé. Je lui ai répondu un truc du genre que j'étais ta demi-sœur et que donc elle avait déjà perdu... qu'elle ne faisait pas le poids et j'ai peut-être ajouté... que tu étais à moi et que je me vengerais. Là, elle s'est foutue de ma gueule et elle est sortie. Depuis, on est comme en guerre.

Je ne sais pas si c'est le fait qu'elles étaient amies qui me choque le plus, ou qu'Amber se soit battue par jalousie. J'ai toujours vu Amber et Holly ensemble, jamais je ne l'avais vu avec Amélie. Comme quoi, il y a des trucs que j'ai loupés.

— Tu aurais dû me le dire, fais-je.

Elle se met à rire nerveusement.

— Quand on te l'a dit avec Holly, tu as dit que nous mentions. Tu ne nous as pas crus, même quand j'ai été virée par la faute de cette garce. Je ne sais pas ce que tu pensais, mais tu as sûrement dû te dire que je tentais juste de vous séparer. Sauf que cette folle, elle était avec toi pour me rendre jalouse. Pour nous empêcher d'être ensemble.

J'ai compris que je ne ferais pas le poids quand tu t'es remis avec elle.

— Je suis désolé, Amber. Vraiment. Pardonne-moi. J'aurais dû te croire. J'étais aveugle...

Elle pince ses lèvres et pose ses yeux sur sa crêpe à moitié mangé.

— J'ai choisi... de rester avec vous. Parce qu'on s'aime, parce que je veux de vous et je ne veux pas vous perdre. Je veux que vous me donniez une chance de faire partie de votre vie et d...

Je n'ai pas le temps de terminer ma phrase, qu'Amber est déjà en train de foncer sur moi. Elle plaque sa bouche contre la mienne et s'installe à califourchon sur moi. Je pose mes mains sur sa taille. Elle se cambre instantanément. Sa poitrine frôle mon torse et me donne envie de continuer ça dans sa chambre.

Les lèvres d'Amber viennent déposer des milliers de baisers sur le pourtour de ma mâchoire. Elles descendent jusqu'à mon cou alors que ses mains tremblantes entreprennent d'ouvrir ma chemise. Un raclement de gorge nous interrompt. Nos deux têtes se tournent immédiatement vers Nathanaël qui nous regarde, un sourcil haussé.

En quelques secondes, Amber se retrouve sur ses jambes, comme si elle avait peur que son fils prenne mal qu'elle soit avec moi. C'est peut-être juste trop tôt ? Ou trop tard... ?

— Gabriel...

— Le monsieur de la dernière fois nous a dit que nous pouvions être ensemble, coupé-je Amber.

— Tu peux être mon papa ?

— Je pourrais... si tu le veux.

Je grimace à la fin de ma phrase. J'ai peur de sa réponse, surtout qu'il ne sourit pas du tout. Il ne dit rien et se détourne de nous. Il sort de la cuisine en soufflant. Amber me fait un signe de la tête d'aller le voir.

— Au fond à gauche.

J'enregistre et me dirige vers la chambre du petit. Avant que je bouge, Amber me fait un signe de la tête, me désignant mon torse. Je baisse les yeux et soupire. Je ferme les boutons de ma chemise qu'elle a ouverte, avant de quitter la pièce.

Je passe dans le couloir en vitesse jusqu'à la porte où il y a marqué le nom de Nathanaël. Ouverte, je passe la tête et vois le petit assis au sol couvert d'un tapis avec des motifs de parcours pour enfant. J'entends un sanglot éclater. Mon cœur se resserre. Il est triste. Je m'avance dans sa chambre bien rangée et m'assois au sol, en face de lui. Il tient dans ses mains une image. Je tente de voir ce dont il s'agit, mais il m'en empêche en la collant contre lui.

— Fais voir, lui dis-je en souriant.

— Y a que maman qui peut voir.

— Ah bon ? Et le copain de ta maman, il ne peut pas ?

Il refuse de la tête.

— C'est pas ta copine.

Je souris nerveusement. Il y a encore quelques jours, il avait l'air content de m'avoir rencontré et maintenant c'est le contraire.

— Tu as raison, dis-je. Amber n'est pas ma copine... Tu sais qui elle est pour moi ? Ma demi-sœur... Tu sais, ma vraie mère et ma sœur sont mortes quand j'étais tout petit. Mon père s'est remarié avec une femme qui avait adopté ta maman. Nous nous connaissons donc depuis très longtemps... Ta maman fait partie de ma vie. Au début en tant que demi-sœur et maintenant... en tant que... heu... femme.

Nathanaël plonge son regard dans le mien. Je ne sais pas s'il a tout bien compris. Ce qui m'étonnerait à cet âge-là. J'approche ma main de son visage et essuie ses larmes.

— Maman a dit qu'on ne serait jamais séparé ! s'exclame-t-il.

Je comprends immédiatement le problème. Il est jaloux et ne veut pas que je me mette entre lui et Amber.

— Je ne suis pas là pour vous séparer ! Crois-moi.

— Maman a dit à Marjorie qu'elle va revivre avec toi...

Dans quel sens ? Revivre dans la même maison, ou se sentir revivre ? Les deux ?

— Tu sais, on s'aime depuis longtemps. Nous nous sommes éloignés par ma faute, car je pensais que nous ne pourrions jamais être ensemble. J'avais peur. Maintenant, je désire être avec vous deux. J'aimerais que tu me pardonnes de ne pas avoir été là pour vous. Je l'ai abandonné par crainte qu'elle me repousse, par crainte d'être toute seule. Sauf que c'est moi qui l'ai repoussé, et je me retrouve seul...

— Pourquoi tu veux être avec nous ?

— J'aime Amber. Elle sera toujours ta maman, mais elle sera mienne aussi. Enfin... je... heu...

— Vous allez vous marier ?

J'avale mal ma salive et manque de m'étouffer devant son air amusé.

— Je ne sais pas... tu penses pouvoir m'accepter en tant que père ?

Nathanaël fait mine de réfléchir, avant de dire qu'il n'en sait rien. Nous avons tous besoin de temps, besoin d'apprendre à connaître l'autre. Étrangement, j'ai hâte de surmonter certaines épreuves !

Chapitre 9

J'enfouis ma tête dans le coussin qu'Amber a rajouté pour moi hier soir. Je ne veux pas me lever. Je me sens tellement bien que j'aimerais rester ainsi toute la journée. Ma main se glisse sur le drap à la recherche d'Amber. Bizarrement, je ne la sens pas. Je me redresse et cligne des paupières plusieurs fois. Je suis seul dans la chambre. Sur le dos, je m'étire en faisant l'étoile de mer. Le drap glisse tandis que je m'assois.

Je me penche et attrape mon haut de pyjama. Enfilé, je sors hors du lit, décidé à trouver celle avec qui j'ai partagé une incroyable nuit. Je traverse le couloir et finis par entendre deux voix. Celles d'Amber et de Nathanaël. Je les trouve dans la cuisine en train de déjeuner. Amber est déjà habillée et le petit lui en pyjama.

— Coucou, fais-je, en souriant.

Nathanaël me sourit avant de reporter son attention sur son bol de lait au chocolat.

— Salut, Gabriel. Je t'ai préparé ton petit déjeuner... ne reste pas planté là comme une statue.

Amber me lance un sourire mutin.

— Statue ? Ce n'est pas ce que tu disais hier...

Son amusement se transforme. Elle me fait de gros yeux pour me dire de me taire. Maintenant, c'est moi qui suis amusé. Je viens là où elle m'a mis un bol. Je dois avouer que ça fait longtemps qu'on ne s'est pas occupé de moi ainsi.

Je détourne le regard et le pose sur Nathanaël. Lorsque nos yeux se croisent, je lui fais un clin d'œil. Il répond aussi par un clin d'œil qui interpelle Amber. Avant qu'elle ne demande ce qu'il se passe, je m'empresse d'attirer l'attention sur autre chose. Sans réfléchir, ce qui n'est pas plus mal, je lui dis que je l'aime. Elle pose sa main sur la mienne et se penche au-dessus de moi. Ses lèvres viennent déposer un baiser sur ma tempe. Je suis un peu surpris. Je pourrais me laisser berner par notre relation, seulement il y a encore quelques petites ombres au tableau pour que tout soit parfait.

En premier lieu, il y a la lettre. Je sais que ce n'est pas le plus important, mais je dois savoir qui est au courant de ce qu'il se passait, passe, entre Amber et moi. Qui sait que j'ai battu Charly, l'existence de Nathanaël, mon retard... Puis, il y a nos parents. Il faut que notre mère le comprenne. Elle ne peut pas s'interposer dans notre relation. Il est bien trop tard. Si elle avait voulu, elle aurait dû nous séparer quand nous étions enfants. Et finalement, il y a ma relation avec Amber et Nathanaël. Hier soir, nous avons officialisé notre relation. C'était d'ailleurs la plus belle et intense officialisation que j'ai pu vivre. Quant à Nathanaël, nous avons discuté hier. Je lui ai fait comprendre que je souhaitais rattraper le temps perdu et former une famille. Plus je lui disais que je voulais d'eux, que je voulais devenir son père et pas seulement biologiquement, plus ça s'incrustait en moi. Je n'ai plus aucun autre désir. Ça m'obnubile, autant qu'Amber.

Amber s'écarte de moi. Elle nous examine l'un après l'autre.

— Ne crois pas que me dire que tu m'aimes m'empêchera de vous demander ce que vous me cachez, dit-elle.

Nous sommes grillés. Elle ne va pas nous lâcher jusqu'à ce qu'elle sache ce qu'il se passe.

— Ça ne te regarde pas, fait Nathanaël, en lui souriant.

Amber prend un air outré.

— Pardon ? Ce n'est pas parce que Gabriel est là que tu vas commencer à te r...

— Amber, la coupé-je. C'est moi qui lui ai demandé de ne rien dire.

Elle roule des yeux et souffle, agacée. Elle vient s'asseoir à mon côté droit, en face de Nathanaël.

— Vous vous ressemblez vraiment, nous dit-elle.

— Tu parles ! m'exclamé-je. Il te ressemble aussi. À un tel point qu'au début ça m'a même fait peur.

Elle se met à rire comme une enfant avant que je termine ma phrase. Elle sait que j'ai raison. Je ne sais pas ce qu'il me prend, mais j'ai envie de rajouter un peu de piment. Sûrement l'excitation de la retrouver, de pouvoir l'avoir rien que pour moi. Sans que nos parents ne se préoccupent de notre relation.

Je fais glisser ma main droite sur sa cuisse. Je relève sa robe. Pour une fois qu'elle est en robe, j'en profite ! Elle s'arrête de rire et tourne son visage vers moi. Amber plisse ses yeux et secoue négativement la tête. Je ne me laisse pas décourager pour autant. Je me penche et approche ma bouche de son oreille.

— Tu n'avais qu'à pas quitter le lit aussi tôt, murmuré-je, d'une voix rauque.

Je la sens frissonner et remonte ma main le long de sa cuisse. Contre toute attente, elle se cambre légèrement et écarte ses cuisses pour me laisser accéder à son entrejambe. Je m'écarte d'elle pour faire comme si de rien n'était et jette un coup d'œil à notre... son fils. Il a le visage plongé sur ses céréales. Tant mieux. Je continue donc mon petit jeu. J'écarte sa culotte et viens titiller son clitoris avec mon pouce.

Mon déjeuner risque de se terminer plus tard que prévu. Je ne sais pas manger de la main gauche. Ce n'est pas plus facile pour Amber. Elle tente de rester droite bien que son bassin ondule lentement. Amber lâche un gémissement, qu'elle tente de faire taire en mettant sa main sur sa bouche. J'augmente la pression jusqu'à faire glisser mon index à l'intérieur d'elle.

Si je n'attrape pas une crampe à la main, je serais le plus heureux !

Le petit termine de déjeuner et demande s'il peut aller dans sa chambre pour jouer. Amber se contente de hocher de la tête, ne pouvant pas lui répondre. À peine Nathanaël est sorti de la cuisine, qu'elle renverse la tête en arrière et se laisse aller.

Pour l'énerver, j'enlève ma main et entreprends de déjeuner. Elle me lance un regard perdu alors que je fais comme si je ne la voyais pas.

— Pourquoi t'es-tu arrêté ? m'interroge-t-elle, les sourcils froncés.

— Oh, pauvre petite fille qui n'a pas eu son orgasme...

Je prends délibérément une voix enjouée.

— OK, j'ai compris ce que tu veux, souffle-t-elle en se penchant sur moi.

— Je ne veux rien, Amber, rétorqué-je.

Son haleine à la menthe caresse mon visage jusqu'à s'insinuer dans mes narines. Sa main gauche se pose sur mon épaule et l'autre vient se mettre sur ma cuisse.

— Ah bon ? Alors pourquoi ton pénis est-il...

— Chut, la coupé-je. Tu ne voudrais pas que ton fils entende ça quand même ?

— C'est aussi ton fils.

Je souffle. Elle n'a pas tort.

— Et dire que des femmes reprennent leurs hommes quand ils disent que les enfants sont à eux...

Amber colle ses fesses contre la table. Elle croise les bras contre sa poitrine.

— Ce n'est pas la même chose. Oui, il est mon fils. Je l'ai mise au monde sans toi et je l'ai élevé seule. Tu n'as été là qu'à la création. Mais tu es son père. Il a besoin de toi. J'ai besoin de toi.

— Je sais, mais c'est encore un peu compliqué pour moi. Tu sais... tout est allé très vite. Noël, nous... j'ai même l'impression d'avoir emménagé ici avec vous deux, mais ce n'est pas le cas. J'aimerais donc pouvoir continuer de squatter l'hôtel et passer du temps avec vous. Je viens... de retrouver mon indépendance. Me remettre aussi vite avec une personne...

— Je comprends, je ne te demande pas de déménager dans les jours à venir, tant que tu es là... Par contre, l'hôtel je ne pense pas que ce soit une bonne idée. Tu pourrais demander aux parents de t'héberger ?

Je ris en me passant la main sur le visage. Elle ne se rend visiblement pas compte de ce qu'elle dit.

— Tu crois vraiment que maman va m'accepter sachant que nous sommes... ensemble ? Elle a déjà accepté mes affaires, c'est bien assez. Enfin, si elle ne fouille pas dedans !

Amber grimace. Depuis que je la connais, elle n'a jamais aimé être séparée de Jade et de mon père. Ils lui ont donné une chance et elle en est très reconnaissante.

— Et vu que tu ne veux pas rester ici... Tu en es sûr ? Tu auras quand même ta liberté...

— Quand deux personnes se mettent en couple, ils ne viennent pas habiter ensemble quelques jours après.

— C'est complètement stupide ! Nous avons vécu ensemble depuis notre plus jeune âge.

— Justement. Je ne veux plus te voir en tant que ma petite demi-sœur. Je dois me concentrer et me dire que j'ai une femme.

Amber fait la moue. Je ne sais pas comment elle me voit, mais pour moi, c'est encore un peu compliqué.

*

Le soir venu, nous avons décidé de fêter le réveillon du Nouvel An tous les trois dans l'appartement. L'amie de Marjorie devait au début venir, mais son mari a invité à la dernière minute ses parents.

J'aide Amber à préparer le repas tandis que Nathanaël joue avec ses jouets dans le salon. On l'entend parler seul et faire des bruitages. Je faisais la même chose quand je jouais seul avec mes voitures et mes soldats. Avant la venue d'Amber, j'étais un garçon renfermé. Mon père ne jouait pas souvent avec moi. Quant à ma mère, elle se lassait vite. Mes parties de jeux sont pourtant de très bons souvenirs.

Mon téléphone sonne. Je m'excuse et viens prendre mon cellulaire qui est dans la poche de ma veste. Je le sors et lis le message. Je n'en ai pas reçu qu'un, mais plusieurs provenant d'Amélie et un de Julien Stoke. Je ne me donne pas la peine de lire ceux d'Amélie. J'ouvre celui de mon patron. Je ris nerveusement en lisant le message. Il me demande si je pourrais passer à son bureau quand je reviendrai de vacances. Je réponds qu'il n'y a aucun problème, que j'y serai à la première heure.

C'est quand même fou. Il n'a pas eu confiance en moi, il m'a viré en pensant que je pouvais lui faire du mal. Il n'est même pas venu me dire ce qu'il se passait.

OK, je peux le comprendre. À sa place, j'aurais aussi eu peur, mais je serais venu lui en parler. J'aurais même fait des recherches. Nous étions assez proches. Nous rigolions entre les pauses. Il est un patron plutôt cool. Je ne comprends pas comment il a pu croire ça aussi facilement !

Je lâche un juron et repose mon téléphone. J'ai reçu un autre message d'Amélie. Je ne sais pas ce qu'elle veut de plus. Nous nous sommes tout dit la dernière fois. J'ai malheureusement eu le temps de lire la moitié du message qui s'est affiché sur la fenêtre de notification.

Amélie : *Gabriel ! J'ai besoin de toi. Il ne va pas...*

Elle a encore trouvé une idée pour que je me soucie d'elle. Si elle a des problèmes avec son copain, elle n'a qu'à aller voir un conseiller matrimonial. Je ne suis plus là pour elle.

Je range mon téléphone dans ma poche et me rends dans le salon. Nathanaël est déjà en tenue de soirée. Il porte une chemise blanche avec un petit veston noir. Il a un pantalon noir. Pour ses cheveux, c'est moi qui l'ai coiffé. Amber a même pris une photo pour s'en souvenir.

Je m'approche de lui pour voir à quoi il joue sur la table du salon. Je m'assis sur le canapé à ses côtés. Il tient un soldat qui est seul devant une rangée d'autres soldats. Des ennemis, sûrement. Qui va gagner ? Le soldat seul bien sûr ! Tous les ennemis tombent comme une mouche. Les uns après les autres, il ne reste plus personne debout. Il fait alors un cri de victoire en levant les mains en l'air. Je souris face à ce spectacle.

Je regrette un peu tout ça. Si j'avais eu la chance de connaître son existence avant, je serais encore plus heureux. J'ai loupé des choses comme ses premiers pas, ses premiers mots, ses cris, ses rires, sa première journée à l'école.

Amber aurait dû passer à autre chose. Pour elle et pour son fils. Elle aurait trouvé un homme qui aurait été là pour eux. Rien qu'en pensant à ça, je suis content qu'elle n'ait pas laissé un autre homme entrer dans sa vie. Nathanaël est à moi et Amber aussi.

Je me penche au-dessus du petit qui reprend une nouvelle partie. Je me redresse immédiatement. Le parfum qui s'est insinué dans mon nez ne m'est pas du tout inconnu. C'est le mien, celui que j'ai apporté et laissé dans la salle de bain d'Amber. Comme s'il me comprenait, ses yeux se plongent dans les miens. Il me sourit et approche sa main de mon visage. J'ai un mouvement de recul, comme automatique. Ses sourcils se froncent, mais ne restent pas ainsi longtemps. Son sourire s'élargit alors qu'il se rapproche de moi.

— Maman m'a dit oui pour mettre ton parfum.

Son petit bras se met sous mon nez. J'inspire l'odeur. Ça me fait tout drôle de le sentir sur quelqu'un d'autre que moi, sur lui en plus. Nathanaël reprend sa place sans rien dire et repose son attention sur ses jouets.

— Je n'ai pas senti, mens-je, en me penchant sur lui.

Mon visage vient se mettre à son cou. J'inspire une grande bouffée d'air avant de grogner. Nathanaël se met à gigoter tandis que je fais croire que je le mords. Il rit et je l'attrape pour ne pas qu'il s'éloigne de moi. Je continue de grogner contre lui. Son petit corps se retrouve collé contre moi. Il est pris au piège dans mes bras. Il tente de se débattre tout en riant. Il n'a pas la force et finit par abandonner. On n'entend plus que ses éclats de rire dans tout le salon.

Je le relâche finalement. Pourtant, il ne s'écarte pas pour autant. Nathanaël se blottit dans mes bras en se mettant sur mes cuisses. Comme la première fois, il vient poser sa tête au creux de mon cou.

— On sent pareil, chuchote-t-il.

Sa main gauche se pose sur ma joue droite. Je n'ai pas l'habitude qu'un petit agisse ainsi avec moi. Étrangement, il caresse ma joue avec douceur. Je ne sais pas comment réagir à ce contact. Je reste un peu raide. Nathanaël doit le sentir, car il s'écarte de moi et plonge ses yeux dans les miens. Sa main est toujours sur ma joue.

— Amber t'a emmené faire un bonhomme de neige ?

Il secoue la tête de gauche à droite.

— Bah, on pourra aller en faire un au parc demain, dis-je. Si tu le veux bien sûr !

— Oui !

— D'accord.

Je le saisis par les bras et le repousse. Mon geste paraît un peu brutal. Il fronce ses sourcils, quand je le pose sur le canapé. Je me lève et me dirige vers la cuisine. Amber doit avoir besoin de moi pour la suite de la préparation du repas.

— Pourquoi tu pars ? me demande Nathanaël, avec une petite voix, alors que je m'apprête à dépasser la porte.

— Am... ta maman a besoin d'aide en cuisine. Je ne vais pas la laisser s'occuper du repas toute seule quand même !

— OK.

Je ne me retourne pas et continue mon chemin. Je pénètre dans la cuisine. Amber m'attend les bras croisés, adossée contre le mur à côté de la table. Je commence à stresser. J'ai peur d'avoir commis une erreur ou d'avoir fait quelque chose de mal. Quand mes yeux remontent le long de son corps pour s'arrêter sur son visage, je me détends directement. Elle n'a pas du tout l'air fâchée. Au contraire, elle a un sourire jusqu'aux oreilles.

— Tu t'en occupes bien, me dit-elle.

— Je... heu... non...

— Gabriel, regarde-toi un peu. Tu as juste peur, comme d'habitude. Maintenant, de quoi as-tu peur ?

Pour tout dire, je n'en sais strictement rien. De quoi pourrais-je avoir peur ? De ne pas être à la hauteur ? D'être égoïste en voulant garder Amber pour moi tout seul ?

— Tout va trop vite pour moi, princesse. Ce gamin, je ne le connaissais pas il y a encore une semaine. Toi... je pensais que tu avais trouvé l'amour... que tu étais passée à autre chose. Je veux faire partie de votre vie, mais tout doucement.

Amber roule des yeux et se décolle du mur. Elle se rapproche de moi, les bras toujours croisés.

— Sauf que ce n'est pas le cas. Mes sentiments pour toi n'ont jamais faibli. Jamais, Gabriel. Pour ce qui est de notre fils, il t'a déjà accepté. Rapidement, je sais, mais il est très content que tu sois auprès de lui.

Il faut vraiment que j'arrête avec ce que j'ai dans la tête. Amber m'aime et n'a jamais aimé personne d'autre. Comment pourrais-je la voir avec un autre ? Déjà que j'étais limite jaloux de la voir avec Charly, Damien... De la voir flirter avec des mecs, de voir des gars s'approcher d'elle. Mon côté jaloux ne peut être caché. Et c'est l'un des rares défauts qui me montre à quel point je l'aime. La jalousie peut être un vilain défaut, mais dans mon cas, elle m'aide à comprendre quand j'aime une personne ou non.

— Et si je n'étais pas fait pour être père ? lui demandé-je, sur un ton faussement inquiet. Tu l'as peut-être compris inconsciemment en n'insistant pas... Et si je...

— Et si tu fermais ta gueule à la place de dire des conneries ?

Ma bouche s'entrouvre. Je suis littéralement sous le choc. Sa réaction m'amuse même.

— Donc tu ne comptes vraiment pas me laisser m'enfuir ? l'interrogé-je en souriant.

— Ah, bah non ! Pas une fois de plus. Maintenant, tu es à moi.

Alors que je vais pour me pencher et l'embrasser, une sonnerie retentit. Je me redresse, tandis qu'Amber me contourne en rouspétant. Elle n'aime pas qu'on interrompe une conversation. Surtout quand elle dérivait sur quelque chose de plus intime.

Je la suis sans rien dire. J'en profite pour l'observer attentivement. Sa robe s'arrête à mi-cuisses. Je m'imagine très bien me faufiler et la plaquer contre moi. Elle sentirait mon sexe contre ses fesses. Et là, je la porterais pour la mener à sa chambre. Dommage, car s'il n'y avait pas le petit dans la pièce à côté, je me ferais une joie de la prendre ici même.

Amber prend le téléphone accroché au mur près de la porte d'entrée. Elle demande qui est à l'appareil. Plusieurs secondes s'écoulent avant qu'elle ne réponde en disant que deux mots.

— J'ouvre.

Elle repose le téléphone. Sans se retourner, elle se rapproche de la porte. Je ne la lâche pas d'une semelle. Si elle savait à quel point elle est magnifique... Je pose mes mains sur ses hanches et l'attire contre moi. Amber se laisse faire tout en grognant. Quand son petit corps est enfin contre le mien, elle se détend. Mes lèvres viennent trouver son cou puis y déposent des milliers de baisers. Mes mains se faufilent le long de son corps pour remonter sa robe.

On toque à la porte. Je me stoppe, arrêtant tout mouvement. Amber se dégage de mon emprise et ouvre la porte. Jade et mon père sont là, en tenues de soirée. Ils nous observent interloqués. Ils ne s'attendaient probablement pas à me voir ici. Amber les fait entrer. Je me décale. Au fond, je me sens mal. Le regard de ma mère n'y est pas pour rien. Quant à mon père, ça ne semble plus le gêner. Il nous sourit et nous salue.

Je me demande alors s'ils sont au courant pour Nathanaël. Amber leur a-t-elle dit ça sans que je le sache ? Ou est-elle restée muette sur ce point ? Rapidement, je mets en place plusieurs idées pour capter son attention. Il faut que je lui demande discrètement. Je tente une manœuvre qui reste inutile.

Amber appelle Nathanaël qui arrive quelques secondes après. Ils se saluent en se prenant dans les bras. Ma mère porte le petit et l'embrasse sur la joue. Ma demi-sœur, merde, ma copine a refermé la porte d'entrée et semble tendue. Elle me lance quelques regards perdus. Savait-elle qu'ils allaient venir ? Si c'était le cas, elle aurait mis à cuire plus à manger.

— Nous sommes désolés de nous imposer si tard et sans vous avoir prévenus, dit Jade en observant Amber. Nous ne pouvions pas nous permettre de perdre nos enfants...

— Surtout pas parce qu'ils sont... ensemble, termine mon père.

Amber hoche de la tête en souriant. Je la sens soudainement plus sereine, comme si un poids s'était enlevé de ses épaules.

— Aucun problème, fait-elle. Je vais juste vous laisser quelques minutes pour terminer la préparation du repas... Gabriel va vous emmener dans le salon. Vous pouvez vous mettre à l'aise.

En terminant ses mots, Amber est déjà dans la cuisine. Jade et mon père font alors ce qu'elle leur a dit. Nathanaël, à nouveau les pieds sur le sol, se précipite dans le salon. Nous le suivons dans un silence effrayant. Je n'aime pas ce genre de silence. J'ai la sensation qu'il y a une tension entre nous. Et ce n'est pas le même genre de tension qu'il y a entre Amber et moi.

Nathanaël range ses jouets dans sa boîte. Il revient après les avoir mis dans sa chambre. Pendant ce temps, nous nous sommes tous les trois installés sur le canapé beige. Je ne sais pas comment engager la conversation. J'ai peur que, par ma faute, ils s'en aillent et ne nous comprennent pas.

Le petit vient se mettre sur mes cuisses tranquillement, sous le regard de ses grands-parents.

— Alors Nathanaël, tout se passe bien ? demande ma mère au gamin, avec une voix que prennent les femmes pour parler à un enfant.

— Oui, mamie. T'as vu, je te l'avais dit.

Jade se penche sur lui en souriant. Je m'enfonce dans le canapé, n'aimant pas avoir autant de monde aussi proche que moi. Elle me lance un bref coup d'œil avant de reporter son attention sur mon fils.

Mon fils !

En pensant à ça, mon cœur se sert. Suis-je vraiment en train de prendre conscience du truc ? J'étais comme dans un étrange rêve jusqu'à maintenant. Mais ce n'en est pas un !

— Et tu m'avais dit quoi ?

— Que papa viendrait pour vivre avec nous.

Mon cœur loupe un battement. Les yeux de ma mère se posent sur moi en même temps que ceux de mon père. Je sens déjà que je ne vais pas échapper à leurs questions. On a un sacré problème là. Nous sommes dans la merde. Je répète, nous sommes dans la merde !

— Gabriel n'est pas ton père, c'est notre fils... donc ton oncle.

Le petit croise ses bras contre sa poitrine en marmonnant. Jade se redresse et l'observe, intriguée.

— Maman, elle a dit que c'était mon papa, réplique Nathanaël en colère.

— Oh... souffle ma mère. Mais ce n'est pas vrai. Il n'est pas ton papa. Le tien est au paradis...

Pas encore, mais dans pas longtemps, oui... ce soir, par exemple... Je serai au paradis avec Amber.

Oh non, je ne vais pas commencer les allusions sexuelles !

— Non ! la coupe-t-il, en descendant de mes cuisses.

Nathanaël se tourne vers Jade en recroisant ses bras et en prenant un air vraiment énervé.

— Ta maman est la demi-sœur de Gabriel, insiste Jade.

— Jade, souffle mon père. Arrête, tu vas le faire se braquer.

Je reste muet. Je ne peux pas prendre part à cette conversation. Du moins pas maintenant. Je les vois déjà quitter l'appartement, alors qu'Amber revient de la cuisine. Non. Je dois éviter ça. Mais je ne peux pas non plus prétendre que ce n'est pas vrai. Nathanaël risque de ne plus rien comprendre.

— C'est mon papa ! s'énerve le petit.

Amber entre dans la pièce les mains sur les hanches. Elle fixe Nathanaël les sourcils froncés.

— Qu'est-ce qu'il se passe ici ?

— Mamie dit que papa n'est pas papa !

Le visage d'Amber se décompose. Elle pose ses yeux sur moi avant de les glisser sur Jade. Elle a l'air vraiment en colère.

— Maman, arrête de l'embêter avec ça.

— Quoi, tu veux le laisser croire que ton demi-frère est son père ? Ce n'est pas bien pour lui. Il risque d'être déçu quand il va com...

— Mais putain de merde ! s'écrie Amber, agacée. Gabriel est son père ! Alors tu arrêtes avec tes conneries !

Nous sommes tous choqués par sa façon de parler. Elle est aussi énervée que l'était Nathanaël quelques secondes auparavant.

— Mon fils connaît la vérité ! continue-t-elle, sur un ton plus doux. Enfin... pas tout, mais heu, bref. Donc oui, je vous ai menti à tous les deux. Il n'y a jamais eu personne d'autre. Gabriel a été le seul et l'unique ! Alors oui, Jules n'a jamais existé. C'était des photos que j'ai retouchées. J'ai trouvé le mec sur le net. Et pour ce qui est de Damien, je ne suis jamais sorti avec lui. Il est... le frère de Charly... et heu...

— C'est moi qui l'ai fait partir de chez vous, la coupé-je. Il avait tenté d'abuser d'Amber. C'est pour ça qu'elle dormait dans mon lit, quand vous nous aviez trouvés ensemble. Je l'ai sorti... Et les pleurs que tu as entendus papa, ils venaient d'Amber. C'est ça qui t'a réveillé dans la nuit.

— Oh, chuchote mon père, étonné. Merde... si j'avais su...

Le silence revient. Mes yeux sont plongés sur Amber qui me dévisage. Alors que personne n'ose parler, Nathanaël se met à tirer la langue à sa grand-mère.

— J'avais raison, commente-t-il, en mettant ses mains dans son dos.

Ses lèvres se pincent. Il pose alors ses yeux sur chacun présent dans la pièce. Il s'arrête en dernier sur sa mère.

— Nathanaël, va dans ta chambre. Je t'appellerai quand ce sera prêt.

Le petit fait la moue avant de renverser sa tête en arrière. Il fait quand même ce que sa mère lui demande sans refuser. Quand nous sommes seuls, je me lève du canapé pour rejoindre Amber qui n'a pas bougé. Je prends sa main et la serre. Maintenant, ils sont au courant de tout. Enfin, presque de tout. Il ne manque plus qu'elle leur dise comment elle a fait pour tenir seule.

— Dis-leur, lui murmuré-je.

*

Tous à table, nous observons Nathanaël. Ce dernier vient de dire qu'il était content que ses parents vivent ensemble. Ça m'a littéralement mis les chocottes. Il a l'air tellement heureux de nous voir tous les trois comme une véritable famille.

En face de moi se trouvent mon père et ma mère à ma gauche, en face d'Amber. Cette dernière est donc à ma gauche. Nathanaël, quant à lui, est en bout-de-table entre sa grand-mère et sa mère.

Jade me lance un regard perdu. Elle n'était sûrement pas au courant que j'ai dormi ici cette nuit et celle qui arrive... Contre toute attente, elle ne dit rien et reporte son attention sur son plat chaud. C'est étrangement mon père qui crève l'abcès.

— Même si je suis étonné que vous... bafouille-t-il, tous les deux... j'en suis content. Enfin, je ne m'attendais pas du tout à ça, mais je suis fier que vous ayez décidé de heu... de comprendre que vous vous aimez, de vous mettre réellement ensemble. Je suis désolé que vous ayez eu peur dans le passé. Vous avez le droit d'être ensemble et personne ne peut vous empêcher de vous aimer... tant que vous continuez à protéger et aimer l'autre...

C'est probablement le plus grand monologue de mon père, dévoilant ses idées. Ou non d'ailleurs, je me trompe. Il y a les fois où il veut polémiquer sur ses idées ancrées.

Jade pose sa main sur la sienne. Le plus dur n'est pas mon père, mais elle. Ma mère. Elle a adopté Amber, car cette dernière n'avait pas encore été adoptée par une famille d'accueil. Elle considère Amber comme sa propre fille. Elle me considère plus ou moins comme son fils. Enfin, j'en suis moins sûr depuis qu'elle a découvert certaines choses entre nous deux.

— Je suis désolée pour ma réaction de tout à l'heure, avoue Jade. Je ne voulais plus en parler tout à l'heure, car je me sentais mal... Amber a vécu la chose la plus importante de sa vie seule. Et c'est de ma faute. Si je ne vous avais pas fait peur, vous auriez osé vous mettre ensemble et ne pas vous fuir... Gabriel, tu ne serais pas retourné dans les bras de cette garce ! C'est de ma faute.

Ma mère vient de dire pour la première fois une insulte. Elle a insulté mon ex. Et j'en suis content. Seulement, le fait qu'elle culpabilise me fait aussi culpabiliser. C'est moi seul qui n'ai pas eu le cran. Personne d'autre. Amber était déjà à moi, corps et âme.

— Maman, c'est moi qui ai cru que ce qu'il se passait était mal. Même si ce n'est pas illégal, je pensais que c'était un péché. Et je l'ai cru encore jusqu'à ce Noël. Ça m'a hanté. Je ne sais toujours pas si j'étais couvert de honte d'avoir succombé à Amber ou si j'étais seulement hanté par elle... par nous deux. Personne n'est en cause à part moi-même... J'aurais dû écouter Amber et Holly. Amélie n'était pas la femme de ma vie et je l'ai cru... Je pensais que ma demi-sœur et notre amie étaient jalouses de notre bonheur... alors qu'il n'y avait pas de vrai bonheur entre nous deux.

Je parle doucement, d'une voix calme et posée. Nous mettons nos sentiments à plat, nos idées et nos peurs pour la toute première fois. Jamais personne n'avait autant osé prendre la parole pour dire ce qu'il pensait. Encore moins pour faire une introspection.

Vient alors le tour d'Amber. Elle triture ses doigts comme si elle avait peur qu'on la juge. Ses grands yeux bleus se posent sur moi. Elle pince ses lèvres avant de prendre une grande inspiration pour se lancer.

— Si j'avais insisté... si j'étais venu te voir pour t'en parler. Je n'ai pas eu le courage. Oui, tu m'as très bien entendue. J'ai eu autant peur que toi. J'ai cru que tu te moquerais de moi, que tu penserais que j'ai fait exprès de tomber enceinte pour t'avoir à mes côtés. J'avais peur de le dire aux parents et qu'ils me jugent, qu'ils m'abandonnent. Je ne vous ai pas fait confiance. Pas suffisamment du moins, pour dire toute la vérité. J'ai préféré mentir pour ne pas me retrouver seule et abandonnée de tous. Et qu'est-ce qu'il s'est passé ? Je me suis retrouvée complètement seule avec Nathanaël. J'avais aucune voisine qui était là au début, puis j'ai rencontré Marjorie. Je ne sais pas ce que j'aurais fait sans elle. Enfin si je sais, je serais probablement dans un cercueil... et Nathanaël aussi.

Elle a gagné ! C'est elle qui a fait le discours le plus touchant. Ma mère fond en larme, alors que mon père la prend dans ses bras pour la réconforter. Le silence tombe. On entend seulement les sanglots de notre mère dans la salle à manger. Les minutes passent et elle finit par se calmer. Savoir que sa fille, qui n'était soutenue que par la voisine, a tenté de mettre fin à ses jours la touche profondément. Comme nous tous. Nathanaël ne dit rien, il nous observe interdit.

Le repas reprend doucement. Nous nous posons alors des questions sur notre futur. Pour moi, le plus important est de prendre mon temps. Que ce soit en amour ou au travail. Amber, quant à elle, va reprendre son travail après les fêtes, dans quelques jours et nos parents vont continuer de profiter de leur retraite.

Nous apportons tous les deux les desserts. Il y a le dessert que nos parents ont apporté. Des bûches que Jade fait chaque année et qu'on doit manger entre minuit et une heure du matin, dans la nuit du réveillon du Nouvel An. C'est comme une petite tradition. Tradition que j'ai perdue pendant plusieurs années.

Tandis que nous mangeons, Jade se met à rire soudainement. Elle nous avoue alors qu'elle n'avait jamais trouvé bizarre de ne jamais avoir rencontré Jules, le soi-disant chéri d'Amber jusqu'à sa soi-disant mort. Elle pensait qu'il était trop occupé à travailler. C'est là que je me rends vraiment compte qu'Amber sait bien mentir. Elle est très très forte. Face à un ennemi, elle ne se trahirait pas et mentirait sans même se faire prendre.

J'aurais dû le voir. Et pourtant là encore j'ai été aveugle. Le sourire d'Amber aurait dû me mettre sur la piste. Seulement, je me suis contenté de lui rendre un petit sourire. Maintenant, je vois du coin de l'œil sa main se déplacer. Nos parents sont en train de causer avec le gamin qui accapare toute l'attention. La main d'Amber se pose en douceur sur ma cuisse. Mon ventre est pris d'une décharge électrique, alors que mon cœur cogne contre ma cage thoracique. Peuvent-ils aussi entendre les battements de mon cœur ? Question stupide, mais on se l'est tous au moins posé une fois.

Sans faire de bruit, son pouce et son index descendent la fermeture éclair de mon jean. Je sais bien qu'elle veut me rendre la pareille de ce matin. Quoi de mieux que maintenant ? Bah, un peu plus tard... Là, je dois avouer que je suis stressé. S'ils découvrent la moindre chose, nous passerons pour des personnes ingrates qui ne peuvent pas se contrôler, même devant leurs parents.

Mais est-ce ça qui m'excite ? Savoir qu'on pourrait nous surprendre ? Peut-être un peu. Ou beaucoup.

Sa petite main toute chaude se faufile entre mon pantalon noir et mon boxer. Je racle ma gorge du mieux que je peux pour cacher un grognement de plaisir. Sentir sa peau toucher la mienne est vraiment incroyable. C'est dommage que nous ne soyons pas tous les deux seuls.

Elle commence alors à faire de petits mouvements pour passer inaperçue. Ma respiration devient saccadée. Je sais déjà que je ne vais pas tenir longtemps, surtout avec toutes les images qui défilent dans ma tête. Je repousse alors sa main et me remets correctement le plus silencieusement possible. Je me lève et m'excuse.

— Amber, viens, je dois te parler, dis-je d'une voix dure.

Sa mâchoire se serre. Elle me lance un regard étonné. Je lui fais signe de me suivre. Nous quittons la pièce pour nous rendre dans la salle de bain. Je ferme méticuleusement la porte avant de me jeter sur elle.

— Tu ne sais pas à quel point j'ai envie de toi Amber, lui murmuré-je à l'oreille, sur un ton rauque.

— Tu ne sais pas à quel point je veux que tu me prennes... Mais on ne peut pas faire ça maintenant. Il va falloir être patient, Gabriel...

— Patient ? Avec ce que tu viens de faire... non...

Amber fronce ses sourcils. Elle se recule de moi et vient se cogner contre le lavabo.

— Ils partent généralement vers minuit quinze, voire trente. C'est dans moins d'une heure. Tu peux quand même attendre ! Et puis... si tu attends...

Elle se tait en se rapprochant de moi. Ses deux mains se posent sur mes épaules et tentent de me faire pencher pour qu'elle puisse parler à mon oreille.

— Si tu attends, reprend-elle, en chuchotant à mon oreille d'une voix mielleuse, tu auras le droit... de m'attacher ou de te faire attacher comme tu le désires...

Oh, bordel !

Je souris comme un imbécile. Cette proposition est vraiment très excitante. Bon, heureusement que j'ai un peu d'amour propre pour ne pas la prendre maintenant à cause des pulsions...

— J'ai hâte, princesse..., chuchoté-je à son oreille.

Chapitre 10

Le petit enfin couché, je souffle de soulagement. Comme l'a dit Amber nos parents sont partis à minuit vingt-trois. Ils n'aiment pas rentrer trop tard.

À peine la porte est-elle fermée que j'attrape Amber par la taille et la plaque contre moi. Nos bouches se trouvent rapidement. Ma langue se glisse entre ses lèvres pour venir jouer avec la sienne. Je nous emmène dans la chambre. J'ai besoin d'elle et, maintenant, de lui faire comprendre à quel point je veux d'elle.

Mes mains se faufilent sous sa robe, que je finis par retirer et envoyer valser dans la chambre. Pour la première fois, je remarque qu'Amber est déstabilisée par mon empressement. Je lui souris, comme pour la réconforter et lui faire prendre conscience que tout va bien.

Sur ses lèvres je dépose un chaste baiser, puis entreprends de retirer mes vêtements. Amber arque un sourcil. Sans rien dire, elle vient m'aider en déboutonnant ma chemise. Mes vêtements viennent rejoindre sa robe. Je la saisis par la taille et la plaque contre moi. Mon érection la fait tressaillir quand elle la sent collée contre ses magnifiques fesses. Elle remue son bassin contre le mien. Mes bras encerclent sa taille et la presse plus contre moi.

Je retire son soutien-gorge en dentelle noire en l'arrachant. J'embrasse son cou avec douceur tandis que mes mains caressent ses seins qui pointent sous l'excitation. Mes doigts descendent le long de son corps. Mon autre main se met contre sa taille pour la maintenir contre moi. Je faufile mes doigts entre sa culotte et son entrecuisse, déjà prête à m'accueillir.

— Tu mouilles, princesse, murmuré-je, à son oreille d'une voix rauque.

Mon index titille son clitoris lentement, avant de glisser jusqu'à l'intérieur de son sexe. Il entre en elle, la faisant gémir. Je commence des va-et-vient lents. Je souris quand je remarque qu'elle ondule son bassin pour que j'aille plus vite. À chaque fois que son bassin s'ondule, ses fesses frottent contre mon sexe déjà dur pour elle.

— Dis-moi ce que tu veux, lui fais-je.

— Je... Je te veux toi, Gabriel. Maintenant et pour toujours...

— Et là, qu'est-ce que tu veux que je fasse...

Elle gémit en laissant sa tête se poser contre moi. J'enfonce un deuxième doigt et augmente la vitesse de mon doigté. Amber mouille de plus belle.

— Je veux que tu fasses ce que tu désires, le temps que tu me prennes...

J'entends sa respiration saccadée. Ses jambes commencent à trembler sous l'orgasme. Elle gémit avant de se laisser complètement aller. Je retiens son petit corps pour ne pas qu'elle tombe. Elle souffle pour reprendre ses esprits. Je la retourne d'un geste pour la porter sur le lit. Correctement installé, je retire sa culotte. Je prends quelques secondes pour la détailler. Elle est magnifique. Sa peau brille sous la lumière de la pièce.

— As-tu des menottes ? lui demandé-je.

Timidement, elle hoche de la tête et m'indique la commode. Un sourire étire mes lèvres. Je me rends alors vers le meuble et ouvre le premier tiroir. Bonne pioche.

Je reste interdit. Je ne savais pas du tout qu'elle avait des jouets pour adultes... C'est très intéressant. Je frissonne et attrape ce dont j'ai besoin. Une paire de menottes avec de la fourrure rouge et un gode de taille moyenne. Elle a même des préservatifs. J'en attrape un au passage et me retourne vers Amber qui a la bouche grande ouverte. Sans rien dire, je monte sur le lit et attache une seule main aux barreaux du lit.

— Prends-le et amuse-toi devant moi, lui ordonné-je, en lui tendant le godemiché.

Elle tressaille ne s'attendant pas à cela.

— Vraiment ? Tu ne trouves pas ça idiot ?

— Non, pas du tout !

Je récupère l'objet et lui mets le préservatif.

— Je t'aime, Amber. N'aie pas peur, bébé.

Sa tête hoche de haute en bas. Elle attrape de sa main libre le gode et le présente à son paradis. Elle l'enfonce en elle et soupire en fermant les yeux. Le gode entre et ressort très vite. Finalement, je n'aurais pas dû insister. Je serais en elle à la place de ce jouet.

Je me retiens de prendre ma verge et de me toucher à mon tour sous cet incroyable spectacle. Si je fais ça, je sais bien que je ne vais pas tenir. Je prends la couverture et la serre sans lâcher des yeux Amber en train de s'enfoncer une fausse verge en elle.

Elle arrête tout mouvement et retire le gode de son paradis trempé. Ses jambes tremblent, tandis qu'elle lance au loin dans la pièce le gode comme pour m'empêcher de le prendre. Elle reprend son calme et m'invite à venir la prendre. Ne pouvant me retenir, je viens me mettre entre ses cuisses. Je glisse le bout de ma verge entre ses lèvres trempées. Je reste alors comme ça quelques secondes et la contemple. Amber remue son bassin, tentant de m'enfoncer en elle. Elle reste alors frustrée quand elle comprend qu'elle n'y arrivera pas. Ses yeux glissent sur mon corps. Quand ils s'arrêtent sur nos entrejambe, je m'empale en elle d'un puissant coup de reins. Nous gémissons tous le deux, tandis que je commence des va-et-vient. J'augmente la cadence au fur et à mesure que les secondes passent. Je l'embrasse amoureusement. Nos corps s'emboîtent parfaitement.

Lorsque je sens que je vais venir, je me retire vivement et tente de me contrôler. Je n'en ai pas fini avec elle. Amber grimace. Je la détache. Sans que je n'aie le temps de dire quoi que ce soit, Amber attrape les menottes et me fait basculer sur le lit. Je me laisse faire, amusé. Elle m'attache les deux mains aux barreaux et s'éloigne du lit.

— Amber...

Elle se met à rire avant de se retourner vers moi.

— Ne t'inquiète pas, mon chéri. C'était juste pour te faire peur.

Je n'ai pas du tout envie de rire, moi. Je grimace.

— T'es vraiment une belle petite garce, princesse.

Elle esquisse un sourire, alors qu'elle monte sur le lit. Amber se penche vers mon sexe droit comme un i. Elle l'attrape à pleine bouche et commence à me sucer. Je n'arrive pas à fermer les yeux, obnubilé de la voir me prendre ainsi. Les bruitages de succion sont incongrus. Tout d'un coup, elle me lâche et se redresse.

— Ne m'insulte plus, veux-tu ? Je ne t'ai pas insulté de m'avoir abandonné.

Je n'ai pas le temps de répliquer qu'elle se met à califourchon sur moi. Elle prend mon sexe dans sa main et le présente à son entrecuisse. Elle glisse, s'empalant sur toute la longueur. Elle bouge alors. Je suis frustré, je ne peux même pas la prendre par les hanches ni même venir titiller son bouton.

Plus Amber s'empale, plus elle mouille. Je coulisse en elle très facilement. Je bouge mon bassin pour la pénétrer plus vite et plus fort. Amber geint. Je ne lâche pas son corps des yeux. Ses seins se balancent et je ne peux pas m'approcher pour les mordiller.

Elle m'indique qu'elle va jouir en me le chuchotant d'une voix troublante. Ça a sur moi un effet immédiat. Je rugis rauquement alors que nous stoppons tous deux nos mouvements. Amber retombe sur mon corps et m'embrasse amoureusement. Elle se redresse pour me détacher. Je frotte mes poignets et bouge mes bras endoloris. Je sais maintenant que je ne suis pas prêt pour me faire kidnapper et attacher dans une cave. Je risque de me vendre ou implorer pour me faire libérer au plus vite. Encore, là j'ai été attaché quelques minutes...

*

Amber est partie plus tôt à son travail. Normalement, elle laisse Nathanaël à son amie Marjorie pour qu'elle l'emmène à l'école. Étant resté tout le week-end, je me suis proposé pour rester un jour de plus. Je m'occupe donc du petit ce matin. Amber ne reviendra pas à midi. Son travail est plus loin en ville, le temps de faire les allées retours avec les bouchons elle va être en retard. Elle met donc son fils à manger à l'école et reste sur son lieu de travail.

Je prépare le déjeuner en faisant à la lettre ce qu'Amber m'a dit. Le petit prend des céréales au chocolat, un verre de jus d'orange et un fruit de son choix. Il arrive déjà habillé d'un jean bleu et d'un pull marron. Je ne peux m'empêcher de sourire en le voyant retrousser ses manches avant de s'installer en face de moi. Il attrape sa cuillère et commence à manger ses céréales. J'ai déjeuné avec Amber, je reste donc là pour m'assurer qu'il mange bien.

Il a l'air d'avoir un sacré caractère sous son petit air d'ange. Son visage se relève vers moi. Un sourire étire ses lèvres.

— Tu vas t'occuper de moi aujourd'hui ?

— Oui. Je te prendrai à midi... tu voudras manger quoi à midi ? Amb... ta maman m'a dit de te faire des petits pois... Tu préfères autre chose ?

Étrangement, Nathanaël secoue la tête négativement.

— Maman a dit qu'on mange des petits pois, alors on en mange.

Sauf que moi, j'ai horreur de ça !

Je grimace. Je vais bien trouver un moyen de le faire changer d'avis ! Ce n'est qu'un enfant, après tout. Amber ne verra aucun inconvénient à ce que je fasse autre chose. De plus, je suis certain qu'elle a choisi ça juste pour m'embêter. Elle sait très bien que je déteste ce genre de légumes !

— OK, je ferai ce que ta maman a dit !

Il se remet à déjeuner tranquillement. Je l'observe attentivement. Chacun de ses mouvements, de ses traits qui bougent. Il entreprend de prendre un kiwi. Il me le tend pour que je l'aide. Je prends le fruit, mais ne fais rien.

— Je n'ai pas entendu le mot magique, lui fais-je remarquer.

Ses épaules se haussent.

— Tu es là pour moi, réplique-t-il.

Ma bouche s'entrouvre. Je suis assez hébété par sa façon de me parler.

— Tu peux alors te débrouiller tout seul ou prendre un autre fruit, lui dis-je, sur un ton sec.

Ça a le don de l'énerver. Il râle et m'ordonne de lui donner le kiwi. Je me penche sur la table en souriant.

— Écoute-moi bien, Nathanaël. Je sais ce que tu fais. Tu me testes. Sache que ton caprice est inutile. Si Amber a l'habitude de te donner tout ce que tu veux, c'est qu'elle a peur que tu l'abandonnes comme moi je l'ai fait stupidement. Maintenant, tu me demandes poliment de te couper ton kiwi, sinon tu n'en auras tout simplement pas. Tu es capable de m'interroger sur des choses qui ne te regardent pas, alors tu peux bien être poli quand ta mère n'est pas là.

Il m'écoute attentivement en hochant plusieurs fois de la tête. Ce petit monologue m'a fait prendre conscience que je suis, malgré moi, prêt pour le rôle de père. Mais avant de crier victoire, je vais déjà voir comment je m'en sors aujourd'hui. Le pire va probablement être le midi. Je redoute ce moment. Rares sont les fois où j'ai fait à manger pour un gamin qui essaye de me tester ! Il ne va rien laisser passer. La moindre erreur et il ira le dire à Amber. Dois-je craindre Amber ? Non. Elle ne m'autorisera plus à lui faire à manger en cas de grosse boulette de ma part.

Lorsqu'onze heures dix arrive, je quitte l'appartement et ferme la porte derrière moi. Je me rends à pied jusqu'à l'école primaire de Nathanaël. Il continue de neiger. Quand j'arrive à l'école, je sens que mes doigts de pieds sont en train de geler malgré mes chaussures fourrées.

Je traverse le parking où les parents attendent leurs enfants. Des gloussements s'élèvent lorsque je passe devant des femmes. Je me retiens de sourire et accélère le pas. Je me colle tout devant, à côté du portail fermé. Là, j'attends que onze heures trente arrive. Je prends mon téléphone, ne sachant pas quoi faire. J'ai déjà horreur d'attendre à la sortie de l'école. Je ne sais pas comment les autres font. J'ai la désagréable sensation que tout le monde me juge. Je sens les regards posés sur moi.

Je ne suis pas un modèle. Je ne suis pas parfait et ai des défauts. J'ai horreur que l'on me regarde ou, pire, que l'on me juge. Je n'aime pas non plus que l'on parle de moi.

Je relève la tête et tombe nez à nez devant une grande blonde accompagnée de deux amies. L'une est petite et a les cheveux rouges et l'autre est entre les deux et a les cheveux bruns. La blonde qui se tient au milieu me lance un ravissant sourire. Je devine déjà qu'elle est le genre de femme parfaite, celle qui apporte toujours de la nourriture aux goûters organisés par l'école. Celle qui s'inscrit à toutes les activités. Le genre de garce par excellence. Typiquement le genre de femme à créer des ragots, à critiquer les autres dans leur dos.

La blonde me tend la main. Je l'attrape et la serre en lui souriant. Elle reste figée par mon acte, alors que ses amies gloussent.

— Les hommes me baisent la main, m'annonce-t-elle. Fais la même chose et sois un peu poli. À moins que tu...

— Les femmes, mariées comme vous, ne viennent pas parler à un homme, répliqué-je en lui coupant la parole. Et les femmes polies vouvoient les autres.

Elle prend un air de poisson hors de l'eau. Sa bouche entrouverte finit par se refermer et s'étirer en un sourire. Je fixe sa bague de mariée. Elle est vraiment belle. Je remonte mon regard pour le plonger dans ses yeux marron foncé.

— Un petit malin. Je suis juste là pour m'assurer que tu n'es pas un malade mental qui voudrait enlever un enfant. Personne ne te connaît et je n'ai pas eu d'information comme quoi un nouvel enfant serait arrivé.

— Un nouveau non. Je viens chercher mon fils, Nathanaël.

— Ce gamin n'a pas de père. Tout le monde le sait. Amber ne sait que draguer les mecs. Pars avant que je porte plainte.

Je roule des yeux. C'est à ce moment-là que la cloche se met à sonner. Je soupire. Je vais pouvoir m'en aller d'ici au plus vite. Sérieusement, j'ai vraiment envie de fuir cette folle furieuse.

— Je suis son père. Je ne connaissais pas son existence jusqu'à Noël. Amber me l'a annoncé et nous avons fait connaissance. De toute façon, notre vie ne vous regarde pas. Mêlez-vous de vos affaires, ma petite dame.

La femme prend un air outré. Ses deux amies restent aussi sur le cul. Elle fait un pas en avant. Son visage se retrouve à quelques centimètres du mien. Son parfum s'insinue dans mon nez. Je grimace. C'est un parfum style marin, ce dont j'ai horreur.

— Je te préviens directement, je...

— Papa !

Mes yeux se posent sur Nathanaël qui arrive jusqu'à moi. La blondasse s'écarte, obligée, pour laisser le môme passer. Il me tend la main que je l'attrape en souriant, avant de tourner son visage vers la blonde en colère. Elle me lance un regard noir. Je décide de couper court à la conversation. Elle ne comprend rien et c'est une perte de temps. J'entraîne Nathanaël au loin. Nous marchons sous les regards étonnés de quelques parents qui attendent leurs enfants.

Nous prenons alors la route pour aller à l'appartement. Nous passons devant un parc vide. Je sens le stress monter. Amber m'a très bien mis en garde. Il va vouloir y aller, mais je vais devoir lui tenir tête. Il ira à quatre heures et demie, après l'école.

Il me tire vers le parc.

— Tu y joueras cet après-midi, lui dis-je. Pour l'instant, on rentre pour manger. Tu dois avoir faim !

— Non, je n'ai pas faim et je ne veux pas rentrer, refuse-t-il.

— Même pas un peu ? Ne me mens pas, petit bonhomme... j'entends ton ventre gargouiller ! Allez, le premier aux portes de l'appartement gagne... le droit de manger la dernière mousse au chocolat.

Vais-je le laisser gagner ? Oui. Nathanaël lâche ma main et se met à courir. L'appartement n'est plus loin. Il se trouve dans la rue d'à côté. Je me mets à le poursuivre. Dieu sait ce qu'il pourrait se passer si je le perds de vue ! Je ne tiens pas à le voir disparaître sous mes yeux sans pouvoir rien faire. Amber ne me le pardonnerait pas et moi non plus.

Nous courons alors. Je pourrais le rattraper en deux enjambées, mais je me contente de râler en disant qu'il est beaucoup trop rapide pour moi. À chaque nouveau râlement, le petit se met à rire.

Il arrive enfin aux portes de l'immeuble. Il les touche, puis crie qu'il a gagné. Après s'être retourné pour voir où j'en suis, Nathanaël me tire la langue. Je lève les yeux au ciel et nous fais entrer dans le hall. Nous montons tous les deux les escaliers pour arriver à l'étage de l'appartement d'Amber. À l'intérieur, nous nous déshabillons en silence avant de gagner la cuisine. J'ai déjà mis la table et ce que j'ai prévu à manger est probablement encore chaud. Du moins, je l'espère.

Nathanaël s'installe tranquillement à sa place, après s'être lavé les mains, et attend que j'arrive avec les entrées. Je lui sers ce qu'il veut et me serre aussi. La faim a pris place. Aucun ne semble vouloir parler. Le repas se déroule donc dans un calme incroyable. Seuls les bruits de nos fourchettes peuvent être entendus. Quand je dévoile le plat chaud, le petit se plaint. Ce n'est pas ce que sa mère voulait qu'il mange. Est-il vraiment en train de me blâmer de ne pas avoir fait des petits pois. Au lieu de cela, j'ai opté pour des nuggets de poulets avec des pommes dauphines. Pour ce qui est des légumes, je lui sers deux cuillères d'épinard. Il grimace en observant les épinards.

— C'est pas bon, commente-t-il.

— Si ce n'était pas bon, je n'en prendrais pas. As-tu déjà goûté ?

Il fait un mouvement de la tête de gauche à droite, m'indiquant qu'il n'en a jamais mangé.

— Je goûte en premier et, si je m'évanouis, c'est que ce n'est pas bon. Là, tu pourras ne pas en manger... et appeler les secours.

Ce que je lui dis le fait sourire. Il attend alors que je goûte mes épinards. Je prends ma fourchette, en mets dessus, puis la porte à ma bouche. Je repose sur la serviette en papier ma fourchette. J'avale avant de faire croire que j'ai quelque chose à la gorge. Je tousse en portant ma main à mon cœur. Intérieurement, j'ai vraiment envie d'éclater de rire devant son air ahuri. Je fais croire que je tombe alors sur mon bras qui est sur la table, m'empêchant de me faire mal à la tête.

— Papa ? Papa ?

Je l'entends bouger. Je ferme les yeux, puis sens sa petite main brûlante sur mon front. Elle se pose ensuite sur mon cou qu'il presse comme pour tenter de savoir si je suis encore vivant. Là, il semble s'écarter. Quelques secondes après, j'entends des bips de téléphone. Je me redresse en souriant stupidement.

— Allô ? Mon papa, il s'est évanoui... vous pouvez venir ? Heu...

Je racle ma gorge en me retenant de rire. Le môme sursaute et se retourne toujours avec le téléphone à l'oreille. Ses yeux s'agrandissent d'étonnement.

— Oh ! s'exclame-t-il. C'est bon il va mieux ! Merci !

Là, il raccroche probablement au nez de la personne et se précipite sur moi. Ses petites mains se mettent à sa taille comme s'il allait me gronder. Il n'a plus l'air aussi content qu'il y a quelques secondes. Il a sûrement compris ce que j'ai fait.

— Oh ça va ! fais-je, en roulant des yeux. On ne peut plus plaisanter avec les gamins d'aujourd'hui.

— C'est pas gentil ! s'écrit-il.

— Je sais, mais ce que tu as fait était très bien ! Et puis comme tu peux le constater, les épinards ne sont pas mauvais !

— Je sais, je suis le meilleur, se vante-t-il, tout en regagnant sa place. Mais ça n'a pas l'air bon ! T'es peut-être immunisé...

Je me réinstalle correctement et l'observe en souriant. Il se remet à manger et touche aux épinards. Il goûte, puis hausse ses sourcils. Finalement, il continue d'en manger.

Jusqu'à présent, je n'ai pas relevé la façon dont il m'appelle. Papa. Tout s'est accéléré. Il n'y a pas longtemps, j'étais encore en couple et sans enfant. Puis, Noël est arrivé et tout s'est envolé pour me donner quelque chose de cent fois mieux. Ce qu'il y a, c'est que, cet enfant, j'en ai peur. Je fais des efforts, mais le voir aussi proche de moi m'effraie. Je ne le connais pas vraiment. Nous apprenons à nous connaître au fur et à mesure des jours, mais j'ai toujours peur de me prétendre son père.

Je peux le comprendre qu'il ait besoin d'une figure paternelle. J'ai vécu quelques années sans mère et, quand Jade est arrivée, je l'ai directement adoptée. J'avais besoin d'elle et de sa présence.

Nathanaël mange la mousse au chocolat en souriant. Quand il a fini, il sort de table et va jouer dans sa chambre. Je débarrasse la table, puis me pose sur le canapé. Il nous reste environ une heure avant de l'emmener à l'école. Alors que je fais défiler des annonces sur mon téléphone, Nathanaël arrive dans le salon et se précipite sur le canapé. Il observe ce que je fais avec attention. Je n'ai rien à cacher, du moins pas ça. Pourtant, je penche mon téléphone pour ne pas qu'il lise ce qu'il y a dessus.

— Et si je restais ici avec toi ?

Voilà, nous y arrivons enfin, au moment où il va me demander de ne pas le mettre à l'école l'après-midi. Amber m'avait prévenu. Il ne faut pas que je cède, même si je vais paraître autoritaire et méchant à ses yeux.

— Tu dois aller à l'école. Souviens-toi, en revenant, nous nous arrêterons au parc pour jouer.

Nathanaël fait la tête. Il se renfrogne et s'enfonce dans le canapé. Pensant qu'il peut encore gagner, il me demande plusieurs fois de ne pas le mettre en cours. Un coup, il m'appelle papa, l'autre coup, il me dit que je ne suis pas gentil. Il me fait des compliments en disant que je suis le meilleur, puis s'énerve quand il voit que ce qu'il fait ne donne rien.

— Tu sais que si tu me fais une crise, nous n'irons pas du tout au parc en attendant que ta mère arrive ? Alors, sois gentil Nathanaël et ne fais pas d'histoire pour rien.

Sans prendre le temps de répondre, il descend du canapé et sort de la pièce. Sa porte claque quelques secondes après. Il doit être épuisant avec ses caprices. Amber a dû lui céder pas mal de choses. Et c'est moi qui dis ça ? J'étais pourtant comme ça et le suis toujours. Je cédais au moindre caprice d'Amélie. Je comprends maintenant ce que ça fait vu sous ce nouvel angle. Pourquoi une femme pourrait avoir tout ce qu'elle désire et pas un enfant ? Parce que ça ne marche pas comme ça. On ne privilégie par une personne plus âgée ou plus jeune. On ne peut pas donner des cadeaux par peur de se faire larguer ou détester. Si j'avais un peu refusé certaine chose, comme partir lui acheter un cadeau pour me faire pardonner, puis devoir partir après avoir donné la chose, Amélie m'aurait probablement larguée. Et ce n'aurait pas été plus mal. Méritait-elle tout ce que je lui ai apporté, objet et amour ? Probablement pas.

Je ferme la porte et souffle. Il fait vraiment froid dehors. La neige s'est remise à tomber. Les agents de la DDT ont commencé à saler les routes pour éviter les risques de gèle. Alors que je commence à me déshabiller et à réfléchir à ce que je pourrais faire en attendant quatre heures, mon téléphone sonne. C'est peut-être Amber.

Tout en sortant mon téléphone, j'opte pour aller faire la sieste. S'occuper d'un gamin, c'est plus compliqué que ça en a l'air et la journée n'est même pas encore terminée ! Je risque de faire un *blackout* dans les jours à venir. Encore une chance que je ne sois pas seul avec lui. Je me demande comment Amber a pu faire pour s'en occuper seule. Elle est beaucoup plus forte que moi. Elle est tombée et s'est relevée.

Le message vient d'une personne inconnue. Il y a qu'un seul mot : *salope*. C'est accompagné d'une image qui est floutée. Je tapote dessus, ce qui débloque l'image. Je lâche un juron. Sur la photo se trouvent Amber et un homme bien habillé. L'image a été prise d'assez loin et semble avoir été zoomée pour mieux voir les personnes. L'homme en costard cravate lui tient la main. Elle est contre un mur, alors que le gars semble marcher.

Elle m'aurait menti ? Je reconnais très bien sa tenue. Elle l'avait ce matin. Donc elle me demande de revenir pour avoir un amant ? Est-ce moi l'amant ?

Je ne vais pas laisser cela passer. Je commence à en avoir marre que l'on joue avec moi ainsi ! Je ne perds pas de temps et quitte son appartement. Je prends la route, furieux. Qu'il y ait du monde ou non, je vais lui faire cracher le morceau. Je ne vais certainement pas attendre ici comme un con qu'elle arrive et jouer un jeu avec le gamin.

Chapitre 11

Je verrouille mon véhicule et m'avance tel un ours jusqu'à la parfumerie où elle travaille. Heureusement qu'elle m'a dit le nom de la boutique, sinon j'aurais pourri sa messagerie. J'ouvre la porte et cherche des yeux Amber. Elle est avec un client. Je marche d'un pas décidé jusqu'à elle. Une femme me demande si je cherche quelque chose, je ne lui réponds pas. À la hauteur d'Amber, je l'attrape par le bras. Ses yeux se posent sur moi. Elle me sourit avant de froncer des sourcils. Elle doit sûrement voir que je ne suis pas d'humeur à faire le gentil demi-frère avec qui elle s'envoie en l'air.

Je la tire jusqu'à l'extérieur de la boutique. Il y a beaucoup de personnes à l'intérieur et, même si je suis très énervé, je ne veux pas ruiner sa carrière. Dehors je la lâche brutalement. Je n'ai pas envie d'être doux avec elle. Elle se colle contre le mur, attendant que je lui explique pourquoi je suis là

Je sors mon téléphone de ma poche et lui montre l'image. Ses yeux s'agrandissent comme des soucoupes et sa bouche s'entrouvre tel un poisson.

— C'est qui cet enfoiré avec qui tu me trompes ?

Elle arque un sourcil comme étonnée par mes propos.

— Mon patron, me répond-elle en levant les yeux au ciel.

— Donc tu te tapes ton boss ? C'est pour avoir une prime ?

Ses traits se modifient. Elle prend un air énervé. Mais ça ne marche pas sur moi. Je me suis déjà fait avoir. Si je me rappelle bien, elle sait très bien mentir. Comment faire pour la croire ?

— Mais non ! s'exclame-t-elle. Il me drague, mais je le repousse.

— Amber, je ne te crois pas ! Tu mens comme tu respires.

— Ah oui ? OK, bah va lui parler et tu verras que c'est un vrai con qui pense pouvoir coucher avec ses employées ! Non, mais sérieusement, pour qui me prends-tu ? C'est la dernière personne avec qui je voudrais coucher, même pour mon job !

Je souffle. Si elle ment, alors elle est vraiment très forte. Je fais un pas dans sa direction et me stoppe quand une voix masculine interpelle Amber.

— Amber, tu n'es pas à ton poste ! fait l'homme. Tu parleras à ton ami plus tard ! Dépêche-toi !

Il lui aboie presque dessus. Amber lève ses sourcils comme pour me dire qu'elle me l'avait bien dit. Mes yeux se posent sur l'homme. C'est le même type que sur la photo.

— J'arrive, monsieur Thomas. J'indique juste à mon demi-frère ce qu'il doit prendre pour mon fils.

L'homme lui fait un mouvement de la main, lui indiquant qu'il s'en contrefout, tandis que je reste choqué par ses mots. « *Mon demi-frère* » ; « *Mon fils* ».

— Tu es sur ton lieu de travail, ma jolie, pas dans un bar ou chez toi. Retourne à ton poste ou je te vire.

— D'accord, souffle-t-elle.

Je n'arrive pas à croire qu'elle se laisse autant marcher dessus par un mec comme lui. Même si je me suis énervé pour rien, j'ai bien fait de venir. J'ai la preuve qu'elle dit potentiellement la vérité. Amber se met en route vers l'homme qui attend vers la porte de sa boutique. Elle ne m'adresse pas un regard. Je lui dis que je pars et l'attendrai au parc. J'entreprends de retourner à la voiture avec plusieurs idées en tête. Je monte sur le siège conducteur et sors mon téléphone.

Il va maintenant falloir que je cherche la personne qui m'a envoyé cette photo. Peut-être la même qui a envoyé la lettre à Stoke ? Mais pourquoi faire cela ? Ça ne rime à rien !

De là où je suis, je peux très bien voir l'intérieur de la boutique. Pas tout, mais j'arrive à suivre les moindres mouvements d'Amber. Je ne la lâche pas des yeux. Moi qui avais prévu de faire une sieste !

Je reste ici pas mal de temps, jusqu'à ce que leur pause arrive. Je vérifie quand même que ce ne serait pas l'heure d'aller chercher le gamin. Non. Il me reste une heure avant de le récupérer à l'école.

Deux femmes font leur pause. Amber et une autre. Il y a moins de clients. L'inconnue fume alors que ma demi-sœur — femme ? — se contente de lui parler. Plusieurs minutes passent, avant que le patron ne sorte. La fumeuse le remarque et jette sa clope. Ses lèvres bougent, puis elle commence à marcher vers les portes de la parfumerie. L'homme lui met les mains aux fesses et se dirige vers Amber. Cette dernière l'a vu quand son amie a commencé à partir. Elle tente de faire la même chose, mais l'homme la bloque. Je vois déjà le pire arriver. Encore une fois.

L'homme s'avance toujours vers elle. Amber se recule à chaque pas qu'il fait. Elle le regarde dans les yeux comme si elle avait peur que son patron n'en profite si elle ne le regarde pas. Comme si un simple regard pouvait arrêter un homme...

Le patron porte sa main à sa joue. Amber la repousse violemment et fait un nouveau pas en arrière. Je n'arrive pas à croire qu'elle doit endurer ça parce qu'elle aime son travail ! Les hommes qui abusent de leurs postes m'écœurent.

Il la saisit par le bras et la plaque contre lui. Ce qu'ils ne savent pas, c'est que je filme toute la scène depuis que j'ai vu l'homme arriver. J'hésite entre tout stopper pour me mettre entre eux ou continuer encore un peu pour avoir de meilleures preuves.

Amber m'a aidé à parler à mon ancien patron pour mettre les choses au clair. Pourquoi ne fait-elle pas la même chose avec son patron ? Surtout qu'elle, c'est cent fois pire que mon cas.

Le gars se penche sur elle et embrasse son cou. Amber se défend en le frappant avec sa main libre. Des gens qui passent les observent, mais ne font rien. Elle lui donne un puissant coup au niveau du torse. L'homme se recule, sérieusement touché et se penche. Amber se recule. Ses lèvres bougent. Malheureusement, d'ici je ne peux pas entendre ce qu'elle lui dit.

Furieux, l'homme se redresse. Alors qu'il s'apprête à l'attraper par les cheveux, elle donne un coup sur son bras et l'attrape. Elle le retourne ce qui arrache un cri à l'homme que je parviens à entendre. Elle a probablement dû lui casser le bras. L'homme semble lui répondre. De là où je suis, je n'arrive pas à distinguer si elle commence à pleurer ou non. Les traits de son visage sont déformés de telle sorte qu'on pourrait croire qu'elle pleure.

Il se redresse. J'ai assez pour aider Amber à porter plainte. Je sors du véhicule et me dirige vers le mec et ma demi-sœur. L'homme s'avance vers elle et la gifle. Je pousse un cri d'horreur et cours vers eux. Amber est au sol, à cause de la claque que l'homme lui a donnée. Ce n'était pas du tout une gifle, mais plus un coup de poing. Elle se relève péniblement, en grimaçant.

J'interpelle cette dernière qui tourne automatiquement la tête vers moi. Elle se précipite à mon cou et se blottit dans mes bras. Je tiens toujours mon téléphone droit en direction de l'homme. Il me lance un regard noir, avant de sourire sombrement.

— Ta demi-sœur a perdu son poste, m'indique-t-il.

— Et vous aussi, lancé-je. Ce téléphone a filmé toute la scène. Vous avez harcelé ma femme et elle s'est défendue... donc vous l'avez viré.

L'homme se décompose. Il bégaye plusieurs mots incompréhensibles. Je ne lui laisse pas le temps de parler.

— Ça, voyez-vous, continué-je. Je ne le laisserai pas passer. Une femme n'a pas à être traitée ainsi. Alors vous pouvez la virer, mais nous porterons quand même plainte. Et si vous voulez vous racheter à la reprendre, n'y pensez même pas. C'est trop tard. Et je ne fais pas cela que pour Amber, mais aussi pour vos employées et vos futures employées. Il est certain que vous faites la même chose avec les autres... comme la main aux fesses de la dame qui s'est dépêchée d'entrer pour vous fuir... Scène qui a aussi été filmée !

Je sais maintenant qu'Amber m'a dit la vérité. Comment ai-je pu douter ? Avec les mensonges qu'elle a dits à nos parents.

Heureusement que j'étais là. Je n'ai certainement pas envie de me proclamer sauveur, car Amber a su se défendre seule, alors que je n'étais que spectateur.

Ce qu'il s'est passé a attiré du monde. Des employés de la parfumerie sont sortis pour voir ce qui se passait. Des gens qui marchaient au loin sont venus pour rabaisser l'homme et l'insulter. Certains sont en train de dire qu'ils ont vu la scène. Un homme le menace d'appeler la police. Le patron déserte en retournant dans sa boutique sous les cris des gens. Certaines personnes viennent demander si ma femme va bien.

Amber est toujours dans mes bras. Elle a passé ses bras à ma nuque pour se coller au mieux contre moi. Ses sanglots se sont arrêtés pour laisser place à des spasmes. Je la berce en lui murmurant que je suis là.

J'ai froid, mais je m'en moque. Rien n'est plus important qu'elle maintenant. Puisqu'elle a été virée, elle peut donc rentrer. Nous passerons prendre son véhicule plus tard. Je préfère qu'elle ne conduise pas.

Les gens ne semblent pas vouloir passer l'éponge sur ce qu'il est arrivé. Des employés les remercient alors que je m'éclipse avec Amber jusqu'à ma voiture.

Le trajet se passe dans un silence royal. Amber regarde par la fenêtre en reniflant et essuyant les larmes sur ses joues. Je ne sais pas quoi dire pour lui remonter le moral. Je ne suis pas bon à ça. Je tente quand même, on ne sait jamais.

— Si tu veux te venger, tu pourras m'attacher et me faire subir tout ce dont tu désires, la tenté-je, en prenant une voix rauque.

Elle ne me répond pas. Je regrette déjà mes mots. Si elle les garde en tête, je suis dans la merde.

*

Amber se plaint, encore et encore. Son job était tout pour elle. Elle l'aimait profondément. Elle ne se voyait dans rien d'autre. Le perdre l'a anéanti. Je me demande alors comment elle a réagi quand je l'ai abandonné... Sa réaction est déjà exagérée... Oui elle est exagérée ! Ce n'est qu'un travail. Elle trouvera mieux. Encore mieux, elle ouvrira sa propre parfumerie ! Cet homme ne la méritait pas. Elle n'a pas à s'en faire. Je sais bien qu'elle va en retrouver un dans les semaines à venir. Et puis... avec moi elle n'en a pas besoin. J'ai mis assez de côté pour assurer Nathanaël à l'université. Sauf si nous avons besoin de trois bateaux, deux hélicoptères, cinq voitures de luxe, dix maisons avant la majorité du môme, ce qui est totalement impossible. Aucun de nous deux ne dépense beaucoup, surtout inutilement. À part pour faire plaisir à l'autre.

J'ai beau la réconforter, elle ne m'écoute pas. Elle a le moral au plus bas. Amber a besoin d'aide. Cette fois-ci, je suis là et je ne la laisserai pas tomber. Je prends donc la plupart des choses en mains. Même si je ne comprends pas pourquoi elle a tout laissé tomber pour rester dans sa chambre et venir manger quand c'est l'heure, je tente de trouver des solutions. J'ai appelé la boutique tout à l'heure pour savoir comment ça se passait. Une femme m'a dit que les policiers étaient passés et allaient dans peu de temps nous demander de témoigner, car certaines vendeuses ont mentionné nos noms. Elle m'a aussi dit qu'il n'y a donc plus de gérant pour l'instant et qu'Amber manque au travail. Il n'y a plus que trois vendeuses dans cette boutique. Vu le nombre de clients par jour, elles n'arriveront pas à tenir longtemps. Avant l'incident, il y en avait sept, mais certaines ont démissionné, n'en pouvant plus de travailler pour un enfoiré.

Je vais donc dans la chambre d'Amber pour voir comment elle va et lui dire ce que je viens d'apprendre. Je la trouve endormie sur la couverture du lit. Elle semble avoir pleuré, car son oreiller est mouillé. Je me penche devant son visage et caresse sa joue.

Depuis qu'elle a appris qu'elle était enceinte de Nathanaël, elle a dû gérer pas mal de choses. Elle a trouvé un travail au plus vite, elle a trouvé un appartement et a accouché seule. Ensuite, elle a élevé son enfant seule en alternant avec son travail. Il est en fin de compte normal qu'elle craque maintenant. J'aurais dû réfléchir avant.

Je dépose un baiser sur sa joue et contourne le lit. Je me mets derrière elle sur le lit pour faire aussi la sieste. J'encercle son ventre de mon bras et me colle contre elle. Tout à coup, je n'ai plus envie de dormir. Je désire seulement rester ainsi et pouvoir sentir son odeur, pouvoir toucher sa peau. Il n'y a rien de sexuel là-dedans. Comme si j'étais fou amoureux d'elle.

Ce que je suis, je le sens tout au fond de moi. Amber est tout pour moi. Jamais je n'aurais tenu tête à ma mère pour une fille comme je l'ai fait. Pour Amélie, je les ignorais simplement. Je hochais la tête, mais restais muet. Alors que pour Amber, j'ai dit ce que je pensais, ce que j'avais sur le cœur. Malgré la peur, ça m'a fait un bien fou. J'ai accepté que je l'aime.

Je finis par m'endormir, la tête enfouie dans sa nuque. Mon rêve est touchant. Dedans, je suis adolescent et totalement perdu sur une route déserte. Je marche encore et encore jusqu'à me trouver devant une maison qui s'est élevée sous mes yeux en quelques secondes. J'hésite, puis me lance courageusement. Je gravis les marches du perron. La porte s'ouvre sans que je ne la touche. Je fais un pas en arrière. Une chaleureuse voix se fait entendre et me souhaite la bienvenue. J'entre, totalement envoûté. À l'intérieur, le contraste est saisissant. Il y a de la couleur, des gens qui dansent et rient. Tout semble si beau. Jusqu'à ce que je vois mon père entouré de deux femmes et deux enfants. Jade, Teri, Laure et Amber. Elles sont toutes souriantes. Leurs regards se posent sur moi. J'observe ma mère biologique avant de poser mes yeux sur Laure, ma petite sœur. La seule qui ose bouger est Amber. Elle court jusqu'à moi sous le regard bienveillant de mon père.

Mon cœur bat à la chamade. Je mets ma main sur ma poitrine et m'assois sur le lit. J'aimerais qu'elles soient toujours là, qu'elles sachent comme j'ai grandi.

— Tu as fait un cauchemar ? me demande Amber.

J'ai envie de me recoucher pour revivre ce rêve. J'étais seul, perdu et j'ai réussi à trouver les personnes que j'aimais le plus. Comment ? En étant courageux. J'avais peur sur le perron, mais j'ai quand même avancé ne sachant pas où j'allais.

Je souris à Amber qui semble inquiète pour moi. Je pose ma main sur sa joue. Automatiquement, elle ferme ses yeux et savoure ma caresse.

— Ce n'était pas un cauchemar.

Ses yeux se plongent dans les miens.

— Ah, non ?

— Non... Amber, est-ce que tu... heu... tu veux que je te prépare de quoi grignoter ?

J'ai failli faire une erreur. Ce n'est pas le bon moment pour une déclaration sérieuse. Quoique ? J'ai attendu des années avant de dire tout haut ce que je disais tout bas.

— Je heu… bafouille-t-elle.

— Amber ? l'appelé-je.

— Mmh ?

— Tu as raison. J'ai réfléchi et j'aimerais habiter ici avec vous deux. Si ça ne dérange pas, bien sûr...

Ses lèvres s'étirent. Sans rien dire, elle enroule ses bras sur ma nuque et plonge sa tête au creux de mon cou. Ma main se pose sur ses cheveux que je caresse avec douceur. Elle soupire tout contre moi.

— Là où tu travaillais, elles ne sont plus que trois. Les autres sont parties et la police est venue interpeller ton ancien patron...

— Et ?

— Bah... heu je voulais juste te le dire.

— OK, dit-elle sèchement. Mais je m'en fous.

Elle n'a pas l'air d'avoir envie d'en parler. Sa façon froide de me répondre m'étonne un peu. Je ne commente rien et la berce tout contre moi. Est-elle passée à autre chose ? S'est-elle rendu compte qu'elle trouvera autre chose ? Que son poste ne valait pas le coup de se mettre dans des états pareils ?

Quand il est enfin l'heure, nous nous préparons tous les deux pour aller chercher Nathanaël à l'école. Amber voulait me laisser y aller seul, mais je lui ai dit ce qu'il s'était passé à midi, et là, elle a décidé de m'accompagner. Jusqu'à présent, j'hésitais à lui avouer. Finalement, plus les jours sont passés, plus la blonde venait me poser des questions. Elle m'a même demandé si je n'étais pas juste un *chippendale* payé par Amber pour rester avec elle. J'ai seulement ignoré la blondasse et suis parti avec le gamin.

Enfin prêts, nous nous rendons à l'école à pieds alors qu'il neige. Je suis très impatient de voir la tête des gens qui me prennent pour un menteur. En temps normal, je ne me soucie pas des jugements des autres, mais aller raconter des mensonges pour me discréditer m'horripile.

Nous arrivons, main dans la main en parlant, tentant de trouver une solution pour annoncer que l'on va emménager ensemble.

Oui, c'est vrai. Cela fait à peine deux semaines et demie que nous nous sommes revus. À peine seize jours que je connais l'existence de Nathanaël. Cela pourrait aller vite, d'un point de vue externe. On pourrait me dire d'aller louer un appartement et d'attendre quelques mois pour être sûr. Sauf que je passe toutes mes journées ici. Je ne vais plus à l'hôtel et ai même récupéré mes affaires que j'y avais laissées. Je pense avoir attendu suffisamment longtemps pour comprendre ce que je désirais. Des années ! Maintenant que j'en suis sûr, pourquoi devrais-je encore attendre ? Cela serait stupide !

Non loin du portail où les enfants vont sortir dans plusieurs minutes, Amber se blottit contre moi. Du coin de l'œil, je remarque que la blonde et ses deux copines arrivent vers nous. On se croirait encore au lycée ! N'ont-elles pas passé l'âge de venir emmerder les autres ? À croire que non.

— Amber, fait-elle, sur un ton faussement joyeux. Comment vas-tu ?

Amber s'écarte de moi. Elle observe la blonde et hausse des épaules.

— J'irai mieux si tu lâchais mon copain, lance-t-elle.

— Ton copain ? Lui ?

Amber roule des yeux. Je sens déjà que ça va partir en embrouille. Si c'est ce qu'il faut pour que l'autre comprenne.

— Oui, Gabriel est mon chéri, alors tu le laisses tranquille, sinon tu vas avoir affaire à moi !

Elle parle doucement, mais sur un ton menaçant. La blonde tressaillit par le ton qu'elle utilise. Visiblement, elle n'a pas l'air de connaître Amber énervée. Et là, ce n'est rien !

Je souris en entendant mon surnom. Chéri. C'est la première fois qu'on m'appelle comme ça et ce n'est pas aussi désagréable que ce que je pensais !

— Tu ne me fais pas peur, dit la blonde.

— Julie, je te conseille d'arrêter ça maintenant, grogne Amber.

— On ne peut même plus s'amuser ! s'exclame l'autre garce en levant les mains en l'air d'un air « je n'ai rien fait de mal ».

— Ce que tu fais n'est pas un jeu, réplique Amber. Tu craches ton venin sur les personnes qui n'ont rien fait et qui ne veulent pas de problème. Si tu es mal baisée, tu n'as qu'à payer un homme pour te satisfaire. Tu verras, tu iras soudainement mieux !

La mâchoire de la blonde, Julie, se décroche. Je ne peux m'empêcher d'avoir un petit sourire au coin des lèvres, satisfait par ce qu'a dit ma copine.

Je passe mon bras autour de la taille d'Amber et la colle contre moi.

— Je n'ai aucun problème dans ma vie sexuelle ! dit Julie, en grimaçant.

— En même temps si tu n'en as pas... souffle Amber, en arquant un sourcil.

— Comparée à toi, je ne me fais pas baiser toutes les cinq minutes !

— Outch ! Au moins, je profite...

Elle n'a pas le temps de rajouter quelque chose que les enfants sortent déjà. Je n'ai pas entendu la sonnerie, étant trop occupé à écouter ma copine et l'autre garce.

Les trois femmes se retournent pour aller retrouver leurs enfants. Nathanaël arrive en souriant. Il se tourne vers un de ses camarades et lui dit quelque chose que je n'entends pas. Ils se saluent, puis se dispersent. Le petit me donne directement son cartable pour que je le porte. Je ne dis rien, le prends et le mets à mon épaule.

Nous rentrons au plus vite à l'appartement. La neige tombe follement et nous recouvre de flocons blancs. Je frissonne toujours dans l'appartement. Je me connais assez bien pour savoir que je commence à tomber malade.

*

Ça n'a pas loupé. Deux jours après, je suis allongé dans le lit avec ce que je pense être un rhume. Je ne sais pas où j'ai pu le choper. J'ai horreur d'être malade ainsi !

Oui, je ne déroge pas à la règle. J'ai peur de mourir à chaque fois que je vais m'endormir. Je me plains, n'arrête pas d'embêter Amber pour tout et n'importe quoi et... je me plains encore et toujours. Je me demande comment Amber fait pour me supporter. Comme on dit, l'amour rend aveugle !

Je me roule dans la couverture. J'ai subitement froid. Je frissonne en respirant lourdement. Étrangement, j'ai la sensation que mon front est brûlant.

La porte s'ouvre sur Nathanaël en pyjama. Je ne sais pas du tout quelle heure il peut être. Je n'ai même pas encore manger. Il traverse la pièce pour venir se mettre devant moi. Sa petite main froide se pose sur mon front.

— Bonne nuit, papa, me dit-il, en se penchant sur moi.

Il dépose un baiser sur mon front, à l'endroit où sa main était avant qu'il ne la laisse retomber le long de son corps.

— Merci, Nathanaël, bonne nuit à toi aussi.

Il esquisse un sourire avant de se détourner de moi. En sortant, il laisse la porte entrouverte. J'ai la flemme de me lever et de la refermer.

J'entends mon téléphone sonner. Même pour ça, j'ai la flemme de me pencher pour le prendre alors qu'il est sur ma table de chevet.

Des bruits de pas se font entendre. Quelques secondes après, Amber entre dans la chambre les bras chargés. Elle a un plateau-repas. D'un coup de pied, elle referme la porte. Elle m'observe quelques minutes avant de s'approcher. Je ne bouge pas et reste sous la couverture remontée jusqu'à mon cou.

Elle déplie les pieds du plateau pour le mettre sur moi. Dessus se trouve de la purée faite maison, une entrée et un yaourt au chocolat. Il y a un verre d'eau et aussi des boîtes de médicaments. Je défie du regard les boîtes. Je ne suis pas du genre à me jeter sur les médicaments. Je pense que c'est juste psychologique. On se dit qu'on a pris de quoi se guérir, puis on va mieux.

— Tu as la grippe, m'annonce Amber. Tu prends ce que je te donne et tu ne fais pas d'histoire !

Ouah, jamais elle n'a été aussi stricte avec moi. J'ai même l'impression d'être son enfant. Sa tête se tourne vers ma table de chevet. Elle se saisit de mon téléphone et l'allume. Ses sourcils se froncent. Elle me le tend et me fait lire ce qu'il y a dessus. Un nouveau message d'Amélie.

— J'ai cru que vous aviez mis un point final à votre relation !

Sa voix raisonne dans la chambre et dans ma tête.

— Mmh, Amber, s'il te plaît, ne t'énerve pas ! Si j'avais quelque chose à te cacher, je lui aurais répondu et j'aurais supprimé la conversation !

— OK, alors déverrouille ton téléphone et laisse-moi lire ce que cette garce t'a envoyé. Je suis certaine qu'elle tente de te récupérer.

J'envisage de répondre à ses insinuations, mais Nathanaël se met à l'appeler. Elle me lance un regard noir, avant de lâcher mon téléphone qui tombe sur le lit. Sans un mot, elle va rejoindre son fils en claquant des talons sur le sol.

Je n'ai pas lu le message, juste le nom. Je ne sais pas ce que me veut encore Amélie. Tout a été dit entre nous deux. Pourquoi continue-t-elle à m'envoyer des messages ?

J'attrape mon téléphone et compose mon code. Je vais dans mes messages et remonte la conversation. Elle m'a envoyé sept messages auxquelles je n'ai pas répondu.

Amélie : *Salut, Gabriel, je sais que c'est terminé entre nous deux, mais nous devons parler.*

Amélie : *Bon, Gabriel, réponds-moi ! C'est vraiment sérieux là !*

Amélie : *Putain, c'est à propos de ta sœur !*

Je continue ma lecture. Je n'y crois pas du tout.

Amélie : *Tu me fais vraiment la tête ? C'est important !*

Amélie : *Gabriel ! J'ai besoin de toi ! Il ne va pas nous lâcher !*

Amélie : *J'ai compris que c'était lui pour la lettre ! J'en suis certaine ! Je te jure que ce n'est pas moi ! Je parle avec Peter depuis plusieurs... semaines... Savais-tu qu'il sort avec Holly ? Ils sont mariés même ! Elle lui a dit pas mal de choses... Je suis navrée, pardonne-moi ! Il m'a tout dit pour ce que tu as fait avec Charly ! Je n'arrive pas à le croire ! Tu m'as caché ça !*

Oh bordel de merde. Ses messages ont un effet de décharge électrique. Je me redresse comme sonné par une cloche. Je ne peux pas croire Amélie.

Chapitre 12

Le plateau-repas écarté, je me lève difficilement. Mes jambes tremblent malgré moi. Je traverse la chambre en priant pour ne pas tomber comme une merde au sol. Je sors, littéralement hors de moi.

Alors que je retourne la situation dans tous les sens, je finis par tomber sur Amber qui sort de la chambre de Nathanaël. Elle me lance un regard étonné. Je l'attrape par les épaules et nous éloigne de là, pour ne pas que le petit entende ce que nous allons nous dire. Je la pousse contre le mur et me colle contre celui d'en face pour me soutenir et ne pas tomber.

— Ça ne va pas ? me demande-t-elle, inquiète. Tu veux aller à l'hôpital ?

— Faut que je voie Amélie.

Sa mâchoire se serre. Elle n'apprécie pas ce que je dis, je le vois bien.

Je lutte contre la fatigue comme je peux. Je me sens glisser, m'imaginant déjà au sol.

— Quoi ? Mais pourquoi ? Je croyais que c'était terminé !

Sa voix s'élève de colère. Je la comprends bien. Mais elle se trompe.

— C'est à propos de la lettre. Elle pense savoir qui l'aurait envoyé à mon patron.

Elle tressaillit. Sa respiration s'accélère.

— Elle ment sûrement pour t'avoir ! Elle t'a menti depuis le début. Ne te laisse pas avoir.

C'est vrai que sur ce point, elle n'a pas tort. Amélie m'a bien eu pendant de nombreuses années. Qu'elle se rassure, je ne suis plus intéressé par elle.

— Elle ne veut plus de moi, réponds-je. Je ne partirai pas, ne t'inquiète pas.

Ses lèvres se pincent, pas convaincue.

— Je t'aime, Gabriel, et je n'aimerais pas te perdre à nouveau. Mais si tu n'es plus sûr... je ne veux pas me faire de fausses idées. Pas à nouveau. Être avec un homme qui ne m'aime pas, c'est impossible pour moi.

Je la sens sincère. Merde. Elle est en train de divaguer. Je ne peux pas la laisser ainsi !

— Bordel, Amber, non. Je suis sûr de moi ! D'accord ? Je sais ce que je veux désormais. Ne doute plus de moi, je t'en prie.

Sa tête se secoue de haut en bas. Elle lâche un soupir et me sourit.

— OK, mais je t'interdis de sortir ainsi. Tu es malade, vas te recoucher.

Je grimace. Elle n'a pas tort. Je n'ai pas envie de choper pire, c'est déjà affreux !

*

Assis dans le canapé, j'envoie un message. Je demande à Amélie si on pourrait se voir dans les jours à venir. Sa réponse ne se fait pas attendre. Elle me propose cette après-midi à six heures et demie. J'accepte sans même en parler à Amber. Elle va me dire que c'est une mauvaise idée et va vouloir venir.

Je passe le reste de la journée tranquillement, en faisant mes petits tours sur l'ordinateur et aux courriers. Comme si le facteur allait passer à n'importe quelle heure ! J'attends un colis très important, que je compte offrir à Amber.

Comme mensonge, je dis à Amber que je vais retrouver Stoke, car ce dernier voudrait me parler. Amber ne voit pas le mensonge et me souhaite bon courage. Si elle savait. Je sais pertinemment que je ne devrais pas lui mentir. Mais je n'ai pas d'autre choix. Je lui dirai tout un peu plus tard.

Je me rends donc, bien couvert, à un bar. Je gare mon véhicule sur le parking et rejoins Amélie qui m'attend déjà là-bas. Je suis tout stressé. Je ne sais pas ce qui m'attends. Je me suis lancé à l'aveuglette à cause de messages qui pourraient être tout à fait faux. Et si Amber avait raison ? Et si c'était un piège de la part d'Amélie pour me récupérer ? Non, c'est impossible. Elle a mentionné Peter et Holly. Elle m'a dit qu'ils étaient ensemble. Et elle m'a avoué qu'elle parle avec Peter depuis quelque temps maintenant.

Je m'installe à côté d'Amélie. Elle me lance un faible sourire. Elle n'a pas l'air bien. Elle a des cernes, le teint pâle. Pour une fois, elle n'est pas maquillée. Va-t-elle vraiment mal ?

— Salut, Amélie.

— Salut... On doit faire vite, Gabriel.

— Oui, je suis attendu.

Notre ton est froid, comme si nous allions nous battre. Je n'ose plus la regarder. L'avoir vu avec son mec dans le canapé que j'avais acheté m'a choqué et blessé. Même si c'est terminé entre nous, je lui ai donné des années de ma vie. On ne peut pas balayer ça du revers de la main.

— J'ai peut-être fait une bêtise en parlant avec Peter. Il est revenu comme ça, du jour au lendemain. C'était en septembre. Il est passé me voir, alors que tu faisais visiter une maison. Nous avons parlé, puis nous nous sommes revus... Encore et encore. Il m'a dit qu'il sortait avec Holly.

Je ne sais plus depuis combien d'années, mais ils sont fiancés et comptent se marier en été.

— OK, et ?

Elle boit une gorgée du verre qu'elle tient dans ses mains, puis prend une profonde inspiration. Je commande entre-temps au barman une boisson faiblement alcoolisée.

— Eh bah, ce jour-là, je lui ai dit que tu étais parti en retard par ma faute. Quand on s'est revu, il y a une semaine et quelques, je lui ai demandé si c'était lui qui avait envoyé la lettre à Julien Stoke. Il a commencé à bégayer... bref, je l'ai directement soupçonné.

— Tu sais que tu es en train de l'accuser ? Pourquoi ? Depuis quand es-tu au courant pour Nathanaël ?

— Car c'est la vérité ! Je sais que je n'ai jamais été vraiment sincère avec toi. Mais là, c'est vrai. Et je l'ai vu peut-être une fois quand ta sœur te l'avait envoyé. Mais je pensais que c'était une blague ! Quand Peter m'a parlé du gamin, je n'y ai pas cru... Oui, je l'accuse. Il est repassé me voir à l'appartement, il a dit des choses totalement incompréhensibles ! Style que personne ne me croirait, que si je t'en parlais, je finirais comme Charly. Je lui ai demandé de m'expliquer et là il m'a dit que tu avais battu Charly et que tu l'avais drogué pour qu'il lui arrive quelque chose ! Mais je te crois. Même si tu es un peu bête, tu as encore toute ma confiance. Je sais que tu ne me feras jamais de mal.

Ma bouche s'entrouvre sous le choc. Je bégaye, n'arrivant pas à trouver mes mots.

— Je... n'ai jamais fait ça, articulé-je enfin. Je... j'ai juste battu Charly. Amber pourra te le jurer... Je ne voulais pas lui faire plus de mal. Amélie, je m'en veux assez. J'ai ressassé ça pendant longtemps me disant que c'était de ma faute. D'un autre côté, je ne pouvais pas le laisser repartir comme si rien ne s'était passé !

Amélie fait la moue. Elle replace une mèche de cheveux derrière son oreille et me regarde, les yeux plissés.

— Qu'est-ce qu'il s'est passé ?

— Il... a tenté de violer Amber, lâché-je.

— Oh, souffle-t-elle, étonnée. Oui... je comprends.

Pour une fois ! J'aurais peut-être dû lui dire ? Non, elle aurait pu croire que j'avais tué Charly.

— Non, tu ne comprends pas ! Pourquoi Peter mentirait-il ainsi ? Et puis, comment sait-il ce qu'il s'est passé entre Charly et moi ?

— Holly, suppose-t-elle. Ils sortent ensemble. Elle a dû lui dire tout ce que ta sœur lui a confié.

— Demi-sœur, la corrigé-je.

Amber ricane et porte son verre à sa bouche. Elle boit d'un trait et le repose contre le comptoir.

— C'est ta demi-sœur quand ça t'arrange, hein ! s'exclame-t-elle.

J'ignore sa remarque et bois aussi mon verre.

— Holly lui a raconté n'importe quoi, fais-je. Ce qu'il s'est passé est plus compliqué... Avant de me remettre avec toi, j'ai... couché avec Amber. Je sais, c'est mal. Puis je l'ai abandonné pour toi. Elle est tombée enceinte et ne me l'a jamais dit jusqu'à ce Noël. La seule personne qui était au courant, c'est Holly.

— Tu es sûr que c'est le tien ? Elle t'a sûrement menti ! Charly peut être le père !

— Si on devait faire un test, je sais déjà que ce serait positif. J'en suis sûr. En voyant mon fils... enfin le petit, je vois qu'il me ressemble. Il a mes grains de beauté, mes yeux... non, c'est impossible qu'il vienne d'un autre.

— Ton fils, répète Amélie, amèrement. Je n'arrive pas à croire qu'elle n'ait pas tenté d'utiliser le gamin avant pour te récupérer. Pourquoi n'a-t-elle pas insisté ?

Ah, on y vient !

— Amber a tenté de me contacter, mais bizarrement je ne l'ai jamais su par ta faute... elle n'a pas insisté, car elle avait peur !

Amélie serre sa mâchoire. Vu son visage, je vois très bien qu'elle sait de quoi je parle.

— Oh, c'est bon ! s'écrit-elle. Je ne voulais pas qu'elle tente de te récupérer.

— Mouais. Bah, tu as vachement réussi ! D'ailleurs, elle m'a expliqué ce qu'il s'était passé entre vous deux. Tu savais qu'elle était amoureuse de moi et tu as réussi à te mettre entre elle et moi.

Ses épaules se hochent, nonchalamment.

— Elle a réussi à s'imposer, hein... Tout le monde était au courant qu'elle t'avait sucé. Peter l'a raconté à tout le lycée.

Mon cœur fait un bond dans ma poitrine. L'annonce est très brutale. Je ne m'y attendais pas du tout !

— Quoi ? Mais Peter n'a jamais été au courant !

Ses yeux roulent, agacée par ma réaction.

— Holly lui a dit. C'est comme ça que leur relation a commencé. Moi je pense qu'ils se sont servis l'un de l'autre pour avoir des infos sur nous deux.

Je prends quelques secondes pour réfléchir. Et si elle n'avait pas tort ? Oui, mais pourquoi faire ? Qu'auraient-ils gagné ?

— Ou Amber et moi, dis-je. Tu crois que je pourrais le voir ? Elle ou lui. Je dois leur parler sérieusement.

— OK, je te passe leurs numéros.

Amélie sort son téléphone. Elle me montre les numéros que je recopie sur le mien. Penchée au-dessus de moi, je sens son parfum fruité monter dans mon nez. Ce parfum que j'ai eu l'habitude de sentir auprès de moi durant des années. Elle se redresse et grimace.

— Bon, sur le coup, je crois qu'on s'est tout dit, dis-je.

— Mouais. Si au passage tu pouvais dire à ton pote de me lâcher un peu la grappe, ce serait cool. Il passe me voir de temps en temps. Il frappe chez moi, il s'incruste à mon travail... Peter commence à me gonfler.

— Ce n'est pas mon problème, mais le tien, Amélie. Tu as parlé avec lui sans même me le dire. Tu lui as dit des choses confidentielles sur moi, alors tu assumes tes erreurs. Tu n'as qu'à demander à ton copain de le faire dégager.

Je me lève après avoir terminé mon verre. Je paye l'homme et m'éloigne. Amélie a fait de même et me suit en silence. Je lui ouvre la porte et la laisse passer. Elle reste silencieuse et attend que je la rejoigne.

Je pense avoir tout ce dont j'ai besoin. J'ai même découvert l'auteur de la lettre. Mais pourquoi Peter aurait-il fait ça ? Oh, j'ai horreur de ce genre de mystère !

La nuit est en train de tomber. Les lumières du parking se sont allumées. Je me tiens quelques secondes contre un des lampadaires et souffle. Il se pourrait que je retombe malade. J'ai un haut-le-cœur. Je porte ma main à mon torse. Mon cœur cogne lourdement contre ma cage thoracique.

Je marche lentement jusqu'à mon véhicule, pensant qu'Amélie est partie de son côté. Je cherche les clés dans la poche de mon jean bleu foncé. Je cherche à déverrouiller mon véhicule lorsque j'aperçois Amélie dans la vitre. Elle me regarde tristement. Je tente de ne pas y faire attention. Je sais déjà qu'elle va tenter quelque chose pour m'avoir.

— Au revoir, Amélie, dis-je.

— Gabriel... Et si je m'étais trompée ?

Je me retourne vers elle tout doucement. Je me cale contre ma voiture et l'observe, les mains dans mes poches.

— De quoi parles-tu ?

— De nous deux. Je me suis peut-être trompée... j'ai peut-être cru que j'étais avec toi pour l'argent et le bonheur d'avoir des choses... mais maintenant j'en doute. Je... je t'aime vraiment, Gabriel.

Je lâche un rire moqueur sans le vouloir. Je ne l'aime plus. Pas après tout ce qu'elle m'a fait. A-t-elle déjà réellement aimé quelqu'un par amour et non pas argent ?

— N'y pense même pas, Amélie, je ne suis plus intéressé par toi. Nous deux, c'est terminé.

— C'est tout ce que ça te fait ? Je te dis que je t'aime et tu...

— Amélie, si tu m'avais ne serait-ce qu'aimé auparavant, jamais tu ne m'aurais trompé.

Je lui lance ça comme si j'étais en train de parler avec un connard. Ce qui n'est pas le cas. J'ai en face de moi une femme. Mon ex avec qui je suis sortis pendant six ans. Une femme que j'ai cru connaître, mais dont j'ai toujours eu tout faux.

— Je... heu... c'est vrai, tu as raison. Pardonne-moi.

C'est facile de demander pardon, mais c'est plus difficile de ne pas commettre de faute.

— Tu sais ce qui me fait de la peine ? C'est d'avoir cru en nous. D'avoir acheté une bague pour te demander de m'épouser pendant ce Noël. Je me suis vu finir ma vie avec toi. Finalement, notre rupture est la meilleure chose qui me soit arrivée. J'ai été con et j'en ai marre d'être le gars qu'on utilise quand on a besoin. Tu as eu ta chance avec moi, maintenant, tu peux aller voir ton mec.

Sur ces mots, je me retourne et ouvre mon véhicule. Je commence à entrer, mais je sens sa main me retenir par l'avant-bras. Elle tente de me retourner. Je reste droit comme un i, ne me laissant pas faire.

— Tu... tu voulais me demander en mariage ?

— Oui, ce Noël-ci. Mais comme tu as pu le constater, ça ne s'est pas passé comme prévu.

Sa main se déplace le long de mon bras. Elle remonte avant de se placer sur mon torse. Elle tente de se faufiler entre ma doudoune. Son corps se plaque contre le mien. Je ne sais pas comment réagir. Est-elle vraiment en train de me chauffer ? Qu'attend-elle de moi ?

— Gabriel, entre moi et mon copain, c'est terminé. J'ai rompu avec lui pour que tu me reprennes. Je... je veux devenir ta femme.

Je secoue la tête. Je ne veux plus d'elle. Pourquoi ne peut-elle pas comprendre ?

— C'est trop tard, Amélie, avoué-je. Tu avais raison, j'aime Amber plus que tout. Alors je te remercie de m'avoir ouvert les yeux.

Amélie grimace. Sa main descend jusqu'à la ceinture de mon pantalon. Elle tente de l'enlever. J'observe son visage à travers la vitre. Elle est penchée sur le côté et est concentrée sur ce qu'elle fait.

Ma tête me crie d'arrêter. Je fais alors ce qui est le plus juste. Je l'écarte en la poussant brutalement et me retourne, les bras croisés contre mon torse.

— Si tu es en manque, tu n'as qu'à aller taper à la porte de Peter. Si je me rappelle bien, vous étiez ensemble à la fête de fin d'année.

Amélie lève les yeux au ciel. Cette fois-ci, je me détourne pour de bon d'elle et entre dans mon véhicule. Je referme la porte et mets ma ceinture de sécurité. J'en profite pour remettre correctement celle de mon pantalon, qui est ouverte. Sans lui adresser un regard, je démarre et quitte le parking.

Chapitre 13

Six ans auparavant

Je suis prêt. Je ne peux plus faire de marche arrière. Aujourd'hui, c'est le grand départ. Je quitte ma famille pour commencer la mienne. Amélie m'attend déjà à l'appartement.

Je termine de préparer mon dernier sac. Quand je vais passer la porte, tout sera différent. Je vais enfin habiter seul avec ma copine. Là, nous allons pouvoir commencer notre vie à deux. Je suis très stressé. Je quitte pour la première fois mes parents. Je n'étais jamais parti de chez eux, sauf pour les vacances chez mes grands-parents, quand ils étaient encore là.

Je ferme le sac. Tout est bon. Il ne me reste plus que ce sac pour officiellement dire que je pars d'ici. Mes deux valises sont déjà dans le coffre de la voiture de mon père. Le plus dur reste à faire. Dire au revoir. Nous allons nous revoir, je le sais, mais c'est quand même douloureux de quitter sa famille, de grandir vraiment.

Jusqu'à présent, j'étais protégé par mes parents. Je n'avais pas à payer. Là, je vais devoir tout prendre en charge. Je vais avoir des responsabilités, comme toute personne adulte.

Des pas se rapprochent de ma chambre, mon ancienne chambre. La porte s'ouvre sur Amber. Je me redresse pour l'observer silencieusement. Ses bras sont croisés sur sa poitrine, ses joues sont rougies et humides par les larmes qui roulent dessus.

— Je ne veux pas te perdre, murmure-t-elle.

Je souris face à sa sincérité, mais je n'arrive pas à la regarder dans les yeux. Non seulement ses larmes me font du mal, mais savoir que nous avons couché ensemble à plusieurs reprises me fait peur. J'aimerais oublier cela. Je regrette de l'avoir touché, je regrette mes mots. Nous n'aurions jamais dû le faire. Elle a besoin d'un homme, pas d'un demi-frère !

— Amber, soufflé-je.

— Non, laisse-moi parler, Gab. Je veux que tu restes. Tu ne peux pas partir aussi vite avec elle. Tu fais une erreur. Elle t'a quitté il y a à peine deux semaines ! Et là, tu veux habiter avec elle ? Tu crois vraiment que ça ne l'empêchera pas de te larguer une fois qu'elle en aura marre de toi ? Amélie ne t'aime pas... pas comme je t'aime.

Je roule des yeux, agacé par ce qu'elle me dit.

— Amélie a fait une erreur. Elle a compris qu'elle m'aimait.

Amber rit faussement en se rapprochant.

— Elle a surtout compris qu'on s'était rapprochés ! Elle n'a pas supporté de nous voir ensemble au bal.

— Amélie m'aime ! Arrête de la descendre, Amber. Tu me déçois. Je croyais que tu comprendrais, que tu serais contente pour moi, mais tu ne penses qu'à toi. Tu n'es qu'une putain d'égoïste !

Ses poings se serrent. Elle se laisse tomber sur mon lit, en gardant les yeux rivés sur moi.

— Je suis une putain d'égoïste de t'aimer plus qu'elle ne t'aimera jamais ?

— Tout ce qu'on s'est dit, Amber, tu sais très bien que c'est faux. C'était juste histoire de donner un motif à nos baises.

— Si tu essayes de devenir comme ton crétin de pote, tu es en train de réussir ! Tu te rends compte de ce que tu dis ? Des mots que tu emploies ? Gabriel, tu n'as jamais été comme ça auparavant ! Tu m'as traitée de putain ! Est-ce que je t'ai insulté d'avoir succombé, d'avoir profité ?

Sa voix se brise. Elle donne un coup de poing dans le matelas de mon lit avec rage. Amber se lève subitement et porte la main à sa tête. Je l'ai mis hors d'elle. Je risque de m'en recevoir une à tout moment.

— Amber, tu vas aussi me manquer, déclaré-je, pour tenter de changer de sujet.

Elle se détourne de moi et s'apprête à quitter ma chambre.

— Donc pour toi, ajoute-t-elle en se stoppant devant la porte fermée, ce qu'il s'est passé...

— Ce sont des erreurs que je n'aurais pas dû commettre... Tu as raison, j'ai profité de toi, mais c'est parce que j'étais perdu. Le départ d'Amélie m'a affecté et tu étais si... j'ai craqué et je m'en veux. On fait tous des erreurs, mais ce genre d'erreur n'aurait jamais dû arriver. Je suis navré, princesse. Mes mots ont dépassé ma pensée.

Amber pivote lentement vers moi. De quelques pas rapides, elle se positionne devant moi. Son regard se plonge dans le mien. Elle tente de lire ce qu'il y a en dessous, ce qu'il y a tout au fond que je cache, mais je baisse les yeux pour couper le contact. Sa main se rapproche de ma joue et se pose délicatement. Son toucher est exquis. Sa peau brûlante réchauffe tout mon être, toute la douleur que je dissimule.

J'ai fait le choix de partir avec Amélie. Amber et moi, c'est tout simplement impossible. Nos parents ne l'accepteront pas. Ils nous feront la misère jusqu'à ce que nous rompions ou qu'ils l'abandonnent. Je ne veux pas qu'ils la laissent tomber. Elle a déjà perdu sa famille, pas à nouveau. Ce petit bout de femme ne le supporterait pas.

— Ton corps répond à ma caresse, remarque-t-elle. Il te trahit, Gabriel.

Sur ces mots, ses deux mains attrapent le col de ma chemise. Elle me penche sur elle et frôle mes lèvres des siennes. Sa respiration se mélange avec la mienne et me déclenche un nouveau frisson, que je n'arrive pas à lui cacher. Sa bouche s'étire dessinant un léger sourire. Je ne parviens pas à détourner mon regard devant ses lèvres.

Je ferme les yeux. Je sais que je ne devrais pas, mais j'ai étrangement envie de la sentir tout contre moi. J'ai envie de savoir qui va embrasser l'autre en premier. Qui ne va pas tenir ainsi.

Ma respiration se fait plus lourde. J'ai le cœur au bord des lèvres. J'aimerais goûter à sa peau maintenant. Sauf que je n'en ai pas le droit.

Comme si elle avait compris mes envies, Amber passe ses bras autour de ma nuque. Elle écrase ses lèvres contre les miennes. Mes mains viennent se poser sur sa taille. Je la presse contre moi, désireux de la sentir à travers nos vêtements.

Elle a sûrement dû le faire exprès. Elle avait un soutien-gorge il y a encore une heure de cela. Là, ce qui ne me déplaît pas du tout, je sens ses tétons pointer contre mon torse. Je ne peux plus me retenir. Je glisse ma main sous son top rouge qui lui va magnifiquement bien. Sa langue s'insinue entre mes lèvres et vient danser avec la mienne sensuellement. Une de ses mains descend le long de mon corps et se glisse entre mon pantalon et mon boxer. Elle change d'endroit. Sa main passe entre mon boxer et ma peau. Elle commence à caresser ma queue qui se durcit au fur et à mesure que les secondes passent.

Mon Dieu ! songe ma conscience.

Je la repousse comme je peux. Je tente de ne pas lui faire mal, juste de lui faire comprendre que c'est mal. Je me recule et me remets correctement. Je nettoie ma bouche comme si cela allait réparer notre nouvelle erreur. L'ai-je vraiment repoussé, parce que c'était mal ou parce que j'avais peur d'en avoir envie ?

— Gabriel ? m'interpelle-t-elle, alors que je suis dans mes pensées en train de m'insulter.

— Mmh... je viens de tromper Amélie.

Amber hausse des épaules, comme si elle s'en foutait complètement. Ce qui est probablement le cas.

— Et tu ne crois pas qu'elle fait la mê...

— Amber, la coupé-je. Sors de ma chambre et arrête tes petits jeux !

Furieuse, elle me lance un regard noir et essuie ses larmes sur ses joues du revers de sa main.

— Je ne joue pas, je suis sincère avec toi. Tu es juste trop con pour le comprendre !

Elle tourne des talons et s'éclipse hors de ma chambre comme une petite furie.

Je soupire lourdement et fixe ma porte comme si elle allait revenir. Ce qu'elle ne fait pas. J'entends la sienne claquer.

Pourquoi ne peut-elle pas comprendre que, nous deux, c'est impossible ? Parce que j'ai beau lui dire et tenter de la repousser, je me laisse faire. La preuve, j'aurais pu l'écarter avant que sa bouche touche la mienne. J'aurais pu dire non dans le jardin. J'aurais pu la laisser repartir dans sa chambre sans lui courir après et coucher avec elle. J'aurais aussi pu lui dire non dans la piscine... et finalement, j'aurai pu ne pas la chauffer dans sa chambre avant la fête. En fait, tout est de ma faute. Je n'ai pas eu le cran de dire non. Est-ce mon problème ? Serais-je incapable de refuser quoi que ce soit, surtout venant d'Amber ?

J'attrape ma valise. Sans me retourner, je sors et descends. Je rejoins mes parents qui sont dans le salon. Mon père est assis dans son canapé et ma mère boit son thé debout. Leur regard se pose sur moi. Je me demande toujours s'ils sont au courant pour les photos. C'est aussi pour ça que j'ai décidé de quitter la maison. Il y a un moment où ils vont être au courant et je ne veux pas être là quand la dispute éclatera. Je fuis. Oui. Je laisse Amber seule, alors que nous sommes deux dans cette histoire.

— Je suis prêt, déclaré-je.

— Oh... souffle ma mère. Tu seras toujours le bienvenu chez nous.

— Je sais.

— On a entendu des cris... Tout s'est bien passé avec Amber ?

— Mouais. Elle est triste.

Notre père ne se mêle pas de la conversation. Il regarde l'écran de la télé avec insistance, comme s'il n'y avait plus qu'elle.

— C'est normal qu'elle soit un peu triste, me dit Jade. Vous vivez ensemble depuis longtemps. Mais ne t'en fait pas, tout ira mieux après. Elle a même prévu une soirée pyjama ce soir pour fêter ton départ...

— Quoi ? Avec qui ?

— Avec votre amie, Holly. Elles seront toutes les deux, je crois.

Je hoche de la tête en signe de compréhension. Une fête pour mon départ ? J'aurais quand même pu être au courant non ? Mieux, être invité !

— OK, bon bah, on doit y aller.

Mon père se lève. Sans un mot, il traverse le salon et gagne le hall. Ma mère se jette sur moi. Je n'ai pas le temps de l'éviter. Elle me prend dans ses bras. Je sens qu'elle se retient de pleurer.

Je parviens à m'extirper de ses bras. Je n'aime pas voir une femme triste. Je pince mes lèvres. Elle m'observe quelques secondes, étonnée, puis tourne son visage vers l'escalier. Je fais de même. Amber les descend. Ses yeux sont plongés sur moi. Elle s'avance et me prend, elle aussi, dans ses bras.

— Tu vas me manquer, Gabriel, me murmure-t-elle à l'oreille. Je t'aime.

Je ne sais pas quoi répondre. Je repense à ce qu'il s'est passé pas plus tard qu'il y a dix minutes dans ma chambre. Un peu plus et nous serions en train de nous unir pour la quatrième fois. C'est passé à un chouia.

J'inspire profondément son odeur après avoir mis ma tête au creux de son coup. Elle sent si bon. C'est délicieux. On croirait un petit bonbon qu'on a envie de manger. Je tente de me reprendre. Si mes pensées dévient maintenant, je risque d'avoir une érection qui ne passera pas inaperçue.

Nous nous écartons lentement. Les battements de mon cœur me prennent de court. Si elle pouvait les entendre, il est certain qu'elle ne me laisserait pas partir. De même pour une érection.

Je baisse la tête et regarde mes pieds. Je ne veux pas voir ma mère. Je sais bien qu'elle doit se poser des questions sur nous. Ce n'est pas le moment. Dans quelques heures, je serai enfin débarrassé de toute cette histoire. Je pourrai dormir tranquillement et ferai comme si rien ne s'était passé.

Mais voilà, je la revoie, nue et souriante. Je l'entends gémir en boucle dans ma tête depuis ses derniers jours. Je me mens. Je n'arriverai pas à oublier son corps s'emboîtant parfaitement avec le mien. Ni ses lèvres embrassant les miennes. Bordel. Comment vais-je faire ?

C'est sans un mot que nous sortons pour aller à la voiture de mon père. Amber et Jade restent derrière la barrière, alors que je les salue après être monté dans la voiture du côté passager. Mon père démarre en trombe. Étrangement, sa conduite est lente. Comme s'il ne voulait pas qu'on arrive dans ma nouvelle demeure.

La voiture se gare enfin. J'observe l'immeuble avec attention. Je vais vivre ici maintenant.

— Ne fais pas de bêtise avec ta copine, me dit mon père. S'il y a quoi que ce soit, appelle-nous.

— D'accord.

— Gabriel, tu pourras passer n'importe quand. La porte ne sera jamais fermée.

— Je sais, papa, je sais. Au revoir.

— Salut...

Hors de la voiture, je prends ma valise et me dirige vers l'immeuble. Amélie sort tout juste et me salue. Elle ne se soucie pas de mon père et m'embrasse avant de passer son bras autour du mien. Je lance un dernier regard à mon père qui se tient contre sa voiture. Je remarque que le véhicule que j'ai acheté est garé. Je l'ai laissé à Amélie, car elle en avait besoin. Moi, j'avais mon père pour m'emmener.

Nous entrons dans notre appartement. Il est de bonne taille, même trop pour deux. Nous avons déjà tout prévu.

Amélie, qui a déjà trouvé un travail, va le continuer, tandis que je passerai mes études. Il est vrai que j'aurais aimé partir à Paris pour mes études. Je m'étais fait plein d'idées qui se sont transformées en rêves qui ne se réaliseront jamais. Amélie ne veut pas partir à Paris.

Est-ce que je me vois finir ma vie ici, à Lyon ? Non, pas vraiment. J'aimerais changer, visiter d'autres villes. Mais bon, pour l'instant je vais faire mes études et j'aviserai après. Le plus important est d'être avec Amélie et proche de ma famille.

Chapitre 14

Maintenant

Chez Amber, je rentre tout doucement. Je tente de passer inaperçu pour ne pas attirer son attention. Pourtant, lorsque je passe le hall, Amber sort du salon. Ses sourcils sont froncés. Je vais passer un mauvais moment.

— Tu étais où ?

— Tu sais, je te l'ai dit...

— Ouais, je sais. Mais la vraie version c'est quoi ? J'ai cru que tu aurais le courage de me le dire. J'ai attendu jusqu'à ce que tu partes. Mais jamais tu n'as osé me dire que tu allais voir cette salope. Pense à supprimer tes messages la prochaine fois.

Elle m'étonnera toujours !

— Tu... tu as fouillé dans mon téléphone ?

— Oui, répond-elle. Et si je n'ai pas fait d'esclandre, c'est que j'ai lu les messages. Moi aussi j'aimerais bien savoir ce qu'il se trame. Tu vois, je suis peut-être un peu plus mature que ce que tu penses.

Je ne sais pas quoi dire. J'ai voulu la mettre sur la touche pour gérer ça seul et pour qu'elle ne s'énerve pas. Grosse erreur de ma part. Elle n'aura pas confiance en moi quoi que je tente de lui dire.

— OK, je suis désolé, Amber. J'aurais dû te dire dès le début. Oui, j'étais avec elle. On a parlé et oui, elle a tenté de me chauffer. Elle a dit qu'elle m'aimait et qu'elle voulait que je lui pardonne... Qu'elle voulait être ma femme. Je ne l'ai pas cru et j'ai tenté de fuir.

— Mmh... tenté ?

— Quand j'ai voulu partir, elle a commencé à me toucher, mais je te jure que je ne l'ai pas laissé faire ! Je te le jure sur ma tête, Amber. Je lui ai dit que c'était terminé entre nous et qu'elle pouvait aller voir son mec.

Ses lèvres se pincent.

— OK. De toute façon, si tu me mens, je le saurai un jour ou l'autre ! Maintenant qu'est-ce qu'elle t'a dit de plus ? C'est vraiment Peter qui a envoyé la lettre ?

— Attends, laisse-moi arriver deux secondes... On va dans la cuisine.

Elle hoche de la tête. Je retire ma doudoune et la mets sur le porte-manteau. Les gants que j'avais enlevés en rentrant du bar tombent. Je les ramasse et les mets dans les poches du vêtement accroché. Dans un silence, nous nous dirigeons dans la cuisine pour parler. Mon ventre se met à grogner. J'ai faim. Nous nous installons tranquillement autour d'apéritifs qu'Amber a posés sur la table.

Mes pensées se mélangent. Je ne sais pas par quoi commencer. Il y a pas mal de choses. Je lui souris timidement. Dire que j'ai osé l'insulter à plusieurs reprises. Dire que j'ai voulu ne pas y croire. Voilà le résultat. Je me retrouve chez elle, officiellement ensemble, avec un enfant. Ma vie a pris un sacré tournant cet hiver. En seulement un mois, je me retrouve avec une nouvelle femme, ma demi-sœur, sans travail.

Je prends une inspiration pour me lancer.

— Alors, Amélie m'a dit qu'elle parle avec Peter depuis quelques mois. Ils se sont échangé des choses. Amélie a dit à Peter que j'étais parti en retard à mon travail et quand elle a voulu lui demander pour la lettre, il s'est mis à bégayer, donc elle pense que c'est lui qui l'a envoyée. Pourquoi ? Je pense par jalousie...

Je marque une pause. Elle plonge sa main dans le bol de chips et m'observe comme si elle regardait un film intéressant. Ses yeux bleus profonds me scrutent. Je m'y perds quelques secondes. Elle est vraiment magnifique.

— Heu... ouais. Donc, elle a avoué que c'est elle qui avait décroché quand tu appelais et qu'elle te raccrochait au nez. Elle pensait que tu voulais juste me récupérer. Ensuite, Peter lui aurait dit que c'est moi qui ai battu et drogué Charly pour qu'il ait un accident. Peter et Holly sont ensemble, donc Peter est au courant pour Nathanaël... bref, c'est la grosse merde.

— Genre ensemble ?

— Ils sont fiancés, ils vont se marier. Ils ont commencé à se fréquenter sérieusement quand Holly lui a dit que tu m'avais sucé dans le jardin.

Ses yeux s'écarquillent. Elle ne semble pas en croire ses oreilles.

— Sérieux ? Putain... attends... elle ne m'a jamais dit qu'ils étaient ne serait-ce qu'ami !

— En même temps... Bref, j'aimerais leur parler. Donc j'ai le numéro d'Holly et de Peter... Je dois savoir pourquoi il a fait ça. Et aussi savoir qui a envoyé la photo de toi avec ton patron la dernière fois. Dans la lettre, la personne avait dit qu'il était plus proche de moi que je ne le pensais. Il n'y a plus qu'Holly ou Peter.

— Holly était amoureuse de toi... et Peter... heu ouais peut-être qu'il était jaloux de toi. Donc toute l'histoire tourne autour de toi, en fait !

Je grimace. J'aimerais tellement que ce ne soit pas le cas. Je n'avais pas besoin de ce genre d'histoire.

— Humm, tu avais dit à Holly que j'avais battu Charly ?

— Non, jamais. J'ai eu peur qu'elle aille le dire à la police ou qu'elle me fasse une crise...

— Comment Peter pouvait-il le savoir ?

Amber hausse les épaules. Pour la bataille, il n'y avait qu'Amber et moi d'au courant. Ainsi que Charly. À moins qu'il n'en ait parlé à quelqu'un d'autre avant de rentrer chez lui... Peut-être que Peter nous a vus ?

— Il vaut mieux que tu ailles en parler avec Holly, me dit Amber. Si elle t'aime toujours, elle te dira tout ce que tu veux plus facilement. Tu sais, elle buvait le moindre de tes paroles. Elle était vraiment éprise de toi. Un premier amour, ça ne s'oublie pas.

J'ai l'impression qu'elle parle de nous deux. Je soupire. Nous nous observons en silence. Il n'y a plus qu'une seule chose à faire. Parler avec Holly. Je m'enfonce dans ma chaise et continue de regarder Amber droit dans les yeux.

— Je n'ai pas arrêté de penser à toi sur le trajet du retour, avoué-je.

Amber hausse des épaules. Cela ne lui fait ni chaud ni froid. Elle se lève en m'ignorant totalement.

— Amber, qu'est-ce qu'il y a ?

Elle quitte la cuisine sans un mot. Je ne la comprends plus. Si elle ne veut rien me dire, nous n'avancerons pas et je ne pourrai pas l'aider. Quelques secondes après, je me jette à sa poursuite. Amber s'enferme dans la salle de bain, alors que je l'interpelle. Inquiet, je toque à la porte pendant plusieurs secondes. Je suis terrorisé qu'il y ait un problème. Aucune réponse, seul un lourd silence. J'insiste. Je ne compte pas la laisser alors qu'il y a un truc qui ne va pas.

— Amber, continué-je. Ouvre-moi immédiatement.

Pas de réponse. Super !

— Je vais défoncer la porte si tu ne me réponds pas dans trois secondes.

— Je réponds, dit-elle simplement.

Je lève les yeux au ciel.

— Amber, soufflé-je.

— Gabriel, je... bordel.

La porte s'ouvre soudainement sur Amber qui a un air sombre. Ses yeux d'habitude si joyeux sont comme éteints. Il n'y a plus cette lueur de malice dans son regard. Tout paraît différent. Même si elle peut être complètement euphorique comme totalement colérique, là il n'y a rien de tout ça. Je pourrais croire qu'elle n'a plus aucun sentiment, comme si son cœur s'était arrêté de battre. Ses joues d'habitude rosées sont pâles. Ça, je ne l'avais pas remarqué avant. Je devrais faire un peu plus attention à elle. Je n'ai pensé qu'à moi et pas à la manière dont tout cela pourrait la toucher.

— Je sais que tout est allé vite, fait-elle, mais j'ai besoin de toi... Je n'aimerais pas te voir partir avec Holly ou Amélie. Pas à nouveau.

Sa peur est que je m'en aille à nouveau. Que je l'abandonne pour une autre. Je n'arrive pas à croire qu'elle doute encore. En même temps, je viens de lui cacher mon rendez-vous avec Amélie. Elle a dû se faire des idées totalement folles à notre sujet.

— Je ne partirai plus jamais, affirmé-je. Crois-moi.

— Comment en être sûre ? Il n'y a pas qu'elles ! Toutes les femmes t'observent, Gabriel. Tu ne remarques donc pas l'effet que tu fais ?

Je ris nerveusement. Ma main passe dans mes cheveux, tandis que je grimace.

— Je me fous de ce que les autres filles ressentent en me regardant. Il n'y a que toi, Amber. Au début, avec Amélie, je faisais exprès que tu nous vois ensemble pour te rendre jalouse. Je voulais juste voir ton regard posé sur moi, y lire que tu étais en colère de me voir avec une autre. Jamais tu n'as vraiment dit tes sentiments... jusqu'à ce qu'Amélie rompe avec moi.

— Ouais, je sais, grogne-t-elle. Je me souviens aussi de la soirée quand les parents n'étaient pas à la maison. Elle s'était incrustée, alors que nous étions en train de regarder un film. J'ai terminé seule dans ma chambre et tentant de ne pas écouter vos putains de gémissements.

Elle mord sa lèvre inférieure. Ce soir-là, il est vrai que nous avions un peu augmenté le volume, mais jamais Amber n'est venue s'en plaindre ou me faire la remarque le lendemain, jamais elle n'a dit quoi que ce soit. Juste qu'Amélie n'était pas faite pour moi. Une fois, elle m'a bien dit que ma copine me trompait. Je ne l'ai pas crue. J'aurais dû.

— Tu penses vraiment que je pourrais regarder quelqu'un d'autre ? l'interrogé-je, en m'approchant d'elle.

Je fais plusieurs pas dans sa direction. Elle se recule, encore et encore jusqu'à ce qu'elle soit stoppée par la paroi de douche. Mes mains se posent sur la vitre, l'empêchant de s'enfuir. Je me penche vers elle et frôle ses lèvres. Nos souffles se mélangent.

— Je vais te prouver que je ne veux que de toi, continué-je. Maintenant. Dis-moi ce que tu désires.

— Toi, m'avoue-t-elle dans un souffle.

— Alors... ferme les yeux, princesse.

J'attrape Amber et la soulève pour la porter jusqu'à notre lit. Je la dépose tout doucement sur les draps. Ses yeux sont toujours fermés. Lentement, je fais glisser nos habits au sol. Ce besoin de la sentir tout contre moi devient de plus en plus incontrôlable. Je la veux. Pas seulement maintenant, mais pour toujours. Je désire qu'elle soit mienne à jamais.

Mes mains caressent tout son corps. J'embrasse ses doigts, passe mes mains dans ses cheveux, frôle toutes les zones que je peux. Mes lèvres laissent des baisers mouillés sur sa peau brûlante. Je vérifie qu'elle a toujours les yeux fermés. Je prépare ce dont j'ai besoin et le pose discrètement sur la table de chevet. Je n'aurai qu'à me pencher pour l'attraper.

Je reporte mon attention sur Amber qui a renversé sa tête en arrière, s'abandonnant totalement à moi. Ses jambes s'enroulent autour de mon bassin, collant ma verge contre le bas de son ventre. Elle m'attire à elle et ondule son bassin pour me faire comprendre qu'elle me veut maintenant. Je souris bêtement et reste quelques secondes à l'observer ainsi. Je n'ai pas envie de jouer avec elle. Je ne désire pas reprendre le petit jeu que nous avons fait plusieurs fois depuis le Nouvel An. Je la veux tout simplement. Pas de fioriture, pas de tortures quelles qu'elles soient.

Le peu de lumière provenant des volets entrouverts la rend totalement magnifique. Le contraste entre l'obscurité et la lumière qui fait briller sa peau me coupe le souffle. Amber est vraiment incroyable. J'aimerais tant la garder ainsi à jamais dans mes bras.

Amber soupire d'impatience. Je remarque que ses paupières sautent. Il est probablement difficile pour elle de les garder encore fermées alors qu'elle sait bien ce qui va arriver. Du moins, l'acte, pas ce qui changera nos vies.

Elle souffle mon nom. Je me penche sur elle et l'embrasse tout en présentant ma verge à l'entrée de son entrecuisse.

Sa respiration se bloque. Ses bras s'enroulent autour de mon cou et m'obligent à rester contre elle. Je place mes mains pour me soutenir sur le lit alors que nos langues se caressent lentement faisant monter la température. Je glisse en elle. Elle soupire à nouveau contre ma bouche.

Je la pénètre d'abord doucement, profitant de cette exquise sensation d'être en elle. Ses yeux s'ouvrent après que nos lèvres se sont lâchées. Elle geint alors que je la pilonne de plus en plus vite, tout en restant doux. Je ne veux pas être brutale ou sauvage maintenant. Cela ne collerait pas avec ce que je m'apprête à faire.

Son corps ondule sous le mien. Elle murmure mon prénom plusieurs fois. Il se pourrait que ce soit le bon moment...

J'ai répété cette scène de nombreuses fois dans ma tête. J'ai imaginé plusieurs réactions différentes. Oui. Non. Je ne sais pas. Le oui est toujours ma réponse favorite. Je me vois lui demander dans d'autres circonstances, mais j'ai envie de faire de ce moment le plus merveilleux.

Tandis que je continue mes va-et-vient, je me redresse et me tiens sur une de mes mains.

— Ferme... les yeux.

Je n'ai pas besoin de lui redemander, Amber s'exécute en souriant. Je prends ce dont j'ai besoin, ce que j'ai acheté spécialement pour elle il y a quelques jours, car je ne me voyais pas prendre l'autre. Mon cœur bat à tout rompre. Tout mon corps tremble, mais pas de peur qu'elle se refuse ainsi à moi. Je tremble de bonheur. Je pose le boitier sur le lit et l'ouvre de ma main gauche moite. La bague brille sous la lumière de la pièce et se reflète sur le corps d'Amber.

— Amber, l'appelé-je, d'une voix douce.

— Je peux ouvrir les yeux ? Ou tu préfères que je les garde fermés pour ce que tu me réserves ?

J'entends dans sa voix une pointe d'excitation. Je continue mes va-et-vient plus lentement. J'approche le boitier devant son visage.

— Ouvre-les.

Ses paupières s'ouvrent. Elle fait glisser son regard jusqu'à moi. Elle a un moment de panique alors que ses traits se déforment. Ses sourcils se haussent et sa bouche s'entrouvre. Elle laisse un gémissement s'échapper.

— Tu...

— Je redoute ce moment depuis des jours et des jours... Là, je suis enfin prêt. Je suis sûr de moi comme jamais je ne l'ai été auparavant... Amber Campbell, veux-tu devenir ma femme ?

Je prends mon temps pour lui parler et la pénétrer. Sa tête se secoue de haut en bas en signe d'acceptation. Aucun mot ne sort de sa bouche à part des gémissements incontrôlables. Elle tremble sous mon corps, m'indiquant qu'elle n'en peut plus. Je viens à quelques secondes près en même temps qu'elle. Je lui murmure que je l'aime. Sa main se tend vers moi. Je la sens émue. Elle a les larmes aux yeux. L'une roule le long de sa joue. Sous l'émotion, elle bégaye plusieurs fois des oui. J'attrape fébrilement la bague et la lui met à son doigt.

Bon, je me suis fait stupidement des idées. Dans l'une d'entre elles, Amber se transformait en créature de la nuit et elle me vidait de mon sang laissant mon corps inerte dans sa chambre. Il faut que j'arrête de regarder ce genre de films !

Je me penche et saisis la bouche de ma fiancée. Je la serre contre moi, comme si j'avais peur de la perdre à tout

jamais. Maintenant, elle m'appartient et je lui appartiens.
Plus personne ne peut se mettre en travers de nous.

Chapitre 15

Il ne nous reste plus que deux choses à faire : parler avec Holly et peut-être Peter, puis annoncer nos fiançailles à nos parents. Rien de bien compliqué en apparence. Il suffit de sonner à leur porte et d'engager la conversation. Bien sûr ! Comme si ça marchait comme ça !

Amber a envoyé un message à Holly en se faisant passer pour moi avec son téléphone. Elle est tellement jalouse qu'elle est prête à tout pour ne pas que je me retrouve à parler seul avec Holly. Cette dernière m'a donc donné rendez-vous dans un parc. Fort heureusement, la neige s'est arrêtée. Le soleil n'est pas encore là, mais c'est déjà bien ! Je ne vais pas m'en plaindre. Et puis, si nous avons trop froid, nous aurons certains jeux qu'on peut faire à deux.

Nathanaël est chez Marjorie. J'ai rencontré l'amie d'Amber en y emmenant le petit. Cette femme est brune aux yeux verts. Elle a deux enfants. Quel bonheur de croiser mon patron qui ne fait pas le fier devant ma fiancée !

Main dans la main, nous marchons dans la rue. Nous arrivons enfin au parc. Je reconnais directement Holly qui est assise sur un banc. De dos, elle ne nous voit pas arriver. Tant mieux, cela fera un effet de surprise.

Amber et moi contournons le banc et venons nous positionner devant Holly. Elle prend un air ahuri en remarquant qu'Amber est aussi là, alors que nous ne devions être que tous les deux.

Holly n'a pas changé. Elle est toujours aussi fine, les cheveux courts et des yeux fuyants quand elle croise mon regard.

Notre ancienne amie attrape son sac et se met en route. Elle ne veut donc pas parler en présence d'Amber. Pourquoi ? Elles se seraient disputées ?

— Holly, l'appelé-je.

Elle se stoppe et pivote lentement, pour plonger enfin son regard dans le mien. Ses yeux glissent sur Amber avant de reporter son attention sur moi.

— Gabriel, nous devions parler rien que tous les deux ! Je croyais que tu étais avec Amélie...

— Amélie m'a quitté il y a environ un mois. Eh oui, effectivement nous devions parler seul à seule, mais Amber a souhaité revoir sa vieille amie.

Holly hoche bêtement la tête. Elle prend une profonde inspiration et se réinstalle sur le banc. Nous prenons place à ses côtés.

— Holly, pourquoi as-tu dit à Peter ce qu'il s'est passé avec Amber ? l'interrogé-je.

Comme me l'a dit ma fiancée, avec moi, il y a plus de chance d'obtenir une réponse. Cela n'enchante pas spécialement Amber, seulement nous n'avons pas d'autre choix.

Holly se cale contre le banc et souffle. Elle prend son temps. Visiblement, elle n'a pas envie de le dire. Pourquoi le ferait-elle d'abord ? Cela voudrait dire qu'elle se met à nue.

— Je... heu, bafouille-t-elle, terrorisée. Peter voulait sortir avec Amber et moi... avec toi.

Je roule des yeux. C'est stupide !

— Donc, pour que tu m'aies pour toi toute seule, tu devais mettre Amber dans les bras de quelqu'un d'autre...

— Ouais... je pensais que vous étiez fous de faire ça ensemble... J'ai cru que c'était pour me rendre jalouse...

Du coin de l'œil, je vois Amber se retenir de commenter. Elle se mord la lèvre inférieure et me lance un regard peiné par les propos de Holly. Pour elle, c'était sa meilleure amie. La seule fille qui acceptait de rester avec elle, celle qui était toujours gentille.

— Holly, soufflé-je. Sais-tu pourquoi Peter a envoyé la lettre à mon patron ?

Ses yeux se plissent et sa tête se tourne vers moi.

— De quelle lettre parles-tu ? Il n'a jamais envoyé de lettre !

— Si, il en a envoyé une à mon boss. Il m'a d'ailleurs viré pour ça. Peter parle avec Amélie... depuis plusieurs mois. Elle lui a demandé et il a très mal menti, il bégayait. Donc tu ne sais pas pourquoi ?

Ses yeux se sont rétrécis de colère.

— Bah non ! Je pensais que cette histoire était terminée, moi ! Pourquoi il lui parle à cette pétasse ?

Holly est énervée d'apprendre que son fiancé parle avec mon ex. Je sens déjà les dégâts que notre conversation va faire. Pour eux.

— Je n'en sais trop rien. Demande-lui. Au passage, dis-lui d'arrêter de me faire passer pour un tueur, merci !

Holly me fixe, complètement hébétée par ce que je dis. Elle se penche vers moi, ce qui n'échappe pas à Amber qui se redresse vivement.

— Pour un tueur ?

— Ouaip très chère ! Peter a dit que j'avais battu Charly et que je l'avais drogué pour le faire disparaître.

— Ah bon ? Mais quand ça ? Pourquoi aurait-il dit ça ? Attend, pourquoi il s'occupe encore de toi ? Je croyais qu'il s'en foutait !

Son ton se hausse et fait retourner une dame âgée qui promène son chien. La dame nous lance un regard surpris, avant de retourner à ses affaires. Ce que les gens sont curieux !

— Bah, il y a plusieurs semaines, une avant Noël. Et je n'en sais rien. Si nous avons repris contact avec toi, c'est pour le découvrir. Vois-tu, je n'aime pas que l'on mente à mon sujet et que l'on se mêle de ma vie professionnelle.

Holly semble gênée. Elle pose son regard droit devant elle. J'observe Amber qui m'examine attentivement.

— Je comprends, nous dit-elle. Au début, je parlais avec Peter juste pour lui dire ce que je savais sur vous. C'est vrai, j'ai dit quelques secrets, comme l'enfant d'Amber. Mais après, on s'est mis ensemble et il m'a juré qu'il n'y avait plus que nous.

— Visiblement pas, remarque Amber froidement.

Holly se tourne vers Amber. Elle tente de la regarder dans les yeux, mais ma fiancée l'ignore.

— Pardonne-moi, Amber. Pardonnez-moi. Je voulais tellement être avec toi, Gabriel, que j'ai cru que Peter pourrait m'aider. Il te connaissait si bien. Je pensais qu'il m'en dirait plus à ton sujet. Mais finalement, de nous deux, c'est moi qui ai le plus parlé à votre détriment. Je ne pensais pas une seconde qu'il s'en servirait.

Elle semble si triste tout d'un coup. Je n'arrive plus à soutenir son regard qui s'est posé sur moi. Je baisse les yeux et observe mes mains sur mes cuisses. Je serre toujours la main d'Amber. Ses longs doigts fins touchent ma cuisse et me réchauffent.

— Je te pardonne, déclare Amber. Je peux te comprendre. J'aimerais juste que Peter arrête de dire des conneries sur Gabriel. Ce qu'il s'est passé n'est resté qu'entre mon... heu... qu'entre lui et moi. Personne n'est au courant.

— Que s'est-il passé ?

Il va falloir être honnête et tout lui dire. C'est la meilleure chose à faire. Les mensonges n'apportent rien de bon.

— Il y a un peu moins de six ans, raconté-je, j'ai battu Charly, car il avait tenté de violer Amber. Quand je l'ai recroisé dans le parking, il tenait à peine sur ses jambes et il saignait. Mais il était en vie. Je n'ai rien fait de plus. J'ai ramené Amber à la maison et je me suis enfermé dans ma chambre jusqu'à ce qu'Amber revienne me voir.

— Quoi ? s'écrit Holly, ahurie. Sérieusement ? Mais pourquoi ne jamais me l'avoir dit ?

— Je ne sais plus ! répond Amber. Je pensais que tu le prendrais mal... que tu dirais que Gabriel est encore venu à mon secours. Je ne voulais pas te perdre... mais c'est ce qu'il s'est passé. Peut-être aurais-je dû t'en parler ?

Je suis entre les deux filles. Elles s'observent sans rien dire pendant quelques minutes qui sont interminables. La tension est palpable. Holly est la première à craquer. Des larmes coulent sur ses joues. Je pince mes lèvres ne sachant pas comment réagir. Lorsque je pose mes yeux sur Amber, cette dernière pleure aussi.

Nous étions là pour discuter et en savoir plus, pas pleurer !

En même temps, elles ne se sont pas revues depuis longtemps. Leur amitié s'est arrêtée durant les vacances de deux mille quatorze, quand Amber était enceinte. Elles qui étaient amies depuis l'enfance, elles se sont brutalement séparées.

Amber laisse tomber sa tête contre mon torse. Je le bombe alors. Holly fait étrangement la même chose. Je ne sais plus quoi faire. Je reste interdit et les filles continuent de pleurer.

Ma main lâche celle d'Amber. Je parviens tant bien que mal à passer mes bras autour d'elles et leur caresser le haut du dos.

Nous restons ici plusieurs minutes sans rien dire. Amber finit par crever l'abcès et raconte tout ce qu'il s'est passé durant son absence. Tout, même ma demande en mariage. Contrairement à ce que j'imaginais, Holly sourit en l'apprenant. Elle nous souhaite le meilleur et se jette dans les bras d'Amber. Je sais alors qu'elles ne vont plus se lâcher. Je risque de recroiser Holly un bon nombre de fois. Est-elle vraiment passée à autre chose ? Sûrement. J'ai même l'impression qu'elle est très amoureuse de Peter. Comment cela a-t-il pu arriver ? Ils ne pouvaient pas se voir en peinture ! C'est peut-être ça. Détester est proche d'aimer. Rire tellement peut faire pleurer. Tout est contraire, mais tellement proche. Il suffit d'une seconde pour franchir la barrière et passer de l'autre côté.

Enfin calmées, les filles se relâchent. Nous entreprenons de marcher dans une direction sans importance, histoire de bouger. Les regards se faisaient insistants. Je me tiens au milieu des deux filles. J'attrape la main d'Amber et la serre. Elle me sourit, me faisant instantanément oublier tous les problèmes que nous traversons. Bon, j'exagère un peu quand même. Nous n'avons pas tant de problèmes que ça. Il y a juste deux petits points. L'un est très important et l'autre, c'est juste histoire de savoir pourquoi mon ancien ami s'en prend à moi maintenant.

— Oh, je me souviens d'un truc, fait Holly, sur un ton excité. Peter m'avait dit qu'il avait croisé Charly sur la route de chez lui une fin d'après-midi.

Je m'arrête de marcher. Les deux filles font de même et me lancent un regard inquiet.

— Quand ça ? lui demandé-je.

— Bah... je ne sais plus. Il était mal en point. C'était peut-être le jour même où tu t'es battu avec lui !

Mon cerveau se met à fonctionner du mieux qu'il peut, tentant de trouver une explication.

— Et ?

— Heu... ils ont parlé de je ne sais plus quoi. Puis, ils sont allés en boîte, je crois. Enfin, je n'en sais rien. Je lui demanderai si tu veux.

Je refuse de la tête.

— Et si nous lui rendions une petite visite ? Par exemple maintenant ?

Amber accepte de la tête, tandis qu'Holly hésite.

— Il n'est pas encore à la maison. Il revient généralement vers quatre heures et quelques...

*

Installés sur un canapé noir dans un salon peu chargé en décorations, nous attendons que Peter arrive. Holly nous a servi du café et Amber a pris du thé. Je balaye la pièce et m'arrête sur des photos sur un meuble. J'ose me lever et m'approche. Dessus se trouvent des images d'Holly et Peter. Ils sourient sur chaque cliché. Sur l'une, ils tiennent un bébé de quelques jours dans leur bras. Dans une autre, un petit garçon.

Je me tourne vers Holly. Elle a l'air si fière.

— C'est notre enfant, annonce-t-elle. Il s'appelle Timéo et il a deux ans et demi.

— Oh, félicitations, lance Amber.

— Merci ! Et vous, sur le coup... vous...

— Gabriel est venu vivre chez moi. Nathanaël sait qu'il est son père. Ils s'entendent plutôt bien.

Je souris fièrement. C'est vrai, j'ai de quoi être content. J'ai fait pas mal de progrès avec le gamin. Je ne me sens plus comme un inconnu.

La porte d'entrée à ma gauche s'ouvre. Le regard de Peter se pose sur moi. Au début content, ses traits se sont transformés en quelque chose de plus sombre. Il s'avance vers moi tel un lion ayant sous ses yeux sa proie. Il donne un coup de pied dans la porte pour la refermer. Je ne suis plus sûr que c'était une bonne idée de l'attendre ici.

— Qu'est-ce que tu fous là toi ?

Peter aboie presque. Je le détaille venant à ma hauteur. Ses yeux se glissent sur sa gauche et se posent sur les deux filles toujours assises sur le canapé.

— Nous voulions te parler, avoué-je.

Il lance un sourire à Amber et se détourne de moi. Je n'y crois pas mes yeux ! Il s'approche de ma demi-sœur et attrape sa main sous le regard étonné d'Holly.

— Bonjour, Amber, souffle-t-il, d'une voix rauque.

C'est la première à me dire que les filles me courent après, mais elle, elle se fait séduire par tous les mecs à qui elle parle. Certes, ce n'est pas de sa faute. Il aurait fallu qu'elle soit moins belle. Dommage, mais j'en suis très content et à la fois jaloux que les mecs la regardent tel un trophée. Pourrait-elle dire directement qu'elle est déjà en couple ? Ou au moins porter un haut avec marqué qu'elle est prise.

— Salut. Comme l'a dit Gabriel, nous voulons te parler.

Il se redresse et fait couler un regard vers Holly qui veut tout dire. Peter n'a pas l'air content qu'elle m'ait laissé entrer.

— Je t'écoute, bébé.

Mes poings se serrent en entendant le surnom qu'il donne à Amber. N'a-t-il pas honte ? Devant sa copine en plus !

— Pourquoi as-tu envoyé la lettre au patron de Gabriel ? Pourquoi as-tu dit que Gabriel était impliqué dans l'accident de Charly ? Il n'a rien fait ! Il m'a juste aidée ! D'où sais-tu ce qu'il s'est passé entre eux ? Et ne cherche pas à mentir, Holly nous a dit ce qu'elle savait !

Peter tressaillit. Il se recule et se tourne vers Holly, l'air hébété.

— Tu m'as trahi ! s'écrit-il.

Bon, bah il y a quelque chose qu'il ne veut pas que l'on découvre. Mais quoi ?

— Chéri, ne m'en veux pas, dit Holly. Je veux aussi savoir...

Peter refuse de la tête. Il se recule et se dirige vers la porte. Holly se précipite vers lui. Elle l'attrape par le bras et le force à se retourner. Amber s'est aussi levée du canapé et m'a rejoint. Nous observons le couple se lancer un regard noir.

Au fond, je sens que nous sommes proches de la vérité. J'ai peur de la découvrir. La réaction de Peter m'a plus que surprise. Pourquoi a-t-il fait ça ? Dans quel but ?

— Putain, Holly, lâche-moi ! Je croyais que tu m'aimais !

— Mais je t'aime ! Nous voulons juste savoir ça. Ne me dis pas que tu caches quelque chose. Je t'en prie. Prouve-leur qu'ils se trompent...

Peter hésite. Il lance un regard d'excuse à Holly, puis à Amber et moi.

— Je suis désolé, Holly. Maintenant, je t'aime plus que jamais, mais ce que j'ai fait avant... doit rester secret.

Aurait-il poussé Charly ? Ma tête ne peut s'empêcher de se le répéter en boucle. Est-ce pour ça qu'il a tenté de m'accuser pour se sauver ?

Holly encaisse le coup difficilement. Elle se retient contre le mur de l'entrée. Peter a un mouvement de panique et l'attrape par les épaules. Il plonge cette fois-ci un regard plus inquiet sur elle. Il l'aime et ça se voit. Jamais je n'aurais pu croire qu'un jour ils se mettraient ensemble. Ils n'étaient pas du tout compatibles. Et puis, Peter était tellement obnubilé par Amber que je pensais qu'il ne la lâcherait jamais.

— Dis-moi que ce n'est pas vrai, souffle Holly.

Le visage de Peter se modifie. Il prend un air désolé et dépose un baiser sur le front de sa fiancée. Il relève la tête vers moi tout en prenant Holly dans ses bras.

— Je suis désolé, Gabriel, s'excuse-t-il. Ce que j'ai fait... je m'en veux. Pour la lettre, je voulais juste t'emmerder un peu et puis j'avais peur. Je n'ai pas réfléchi. Je ne voulais pas te faire avoir des ennuis.

— Tu as menacé mon patron et tu m'as accusé d'avoir drogué Charly !

— Je sais, je n'aurais pas dû !

Ce qu'il dit semble mettre Amber en colère. Elle fait plusieurs pas pour se positionner devant le couple, les bras croisés sur sa poitrine.

— On ne partira pas d'ici avant que tu nous aies tout avoué ! s'exclame-t-elle.

Peter lâche Holly et s'approche d'Amber le visage soudainement sombre. Il l'attrape par le bras et commence à la tirer vers la porte. En quelques pas, je m'interpose.

— Peter, l'appelé-je. Tu n'as plus le choix. Je ne comprends pas comment tu as pu être au courant pour ce qu'il s'est passé avec Charly... Holly nous a dit que tu l'avais rencontré...

Le visage fermé, il pose ses yeux sur Holly. Je sais à ce moment-là qu'il n'y a plus qu'elle qui pourra nous aider. Il l'aime et l'écoute visiblement.

Amber se recule et me heurte. Comme si elle s'y attendait, elle se presse encore plus contre moi. Automatiquement, mes bras encerclent son ventre. La sentir ainsi contre moi me donne envie de me pencher et d'embrasser son cou. Je pose mon menton sur le haut de sa tête et attends patiemment que Peter ose nous dire ce qu'il nous cache.

— Je te préviens, s'énerve Holly. Si tu ne dis rien, je te quitte !

— Tu ne penses pas ce que tu dis !

— Bien sûr que si ! Je ne resterai pas avec un... un gars qui me ment ! On n'avait plus aucun secret et tu en as encore ! Comment veux-tu que j'aie confiance et que je me marie avec toi ?

Peter tressaillit sous le ton de sa fiancée. Elle ne semble pas plaisanter. En même temps, elle vient d'apprendre qu'il reparlait avec son ex, Amélie, et qu'il lui cachait des choses. Ses mains se lèvent en l'air comme s'il abandonnait.

— OK OK, capitule-t-il en soufflant. Je répondrai à toutes vos questions...

— Pourquoi reparles-tu avec cette garce d'Amélie ? demande froidement Holly.

— Je… on s'est croisés un jour et on a parlé. Et on a sympathisé.

Je ne vois pas la réaction d'Holly, mais vu le visage de Peter, elle ne semble pas satisfaite par la réponse.

— Comment es-tu au courant pour Charly ? demande Amber.

Peter pose ses yeux sur ma fiancée. Il esquisse un sourire qui se veut rassurant.

— Je l'ai effectivement croisé. Je lui ai demandé pourquoi il était dans un mauvais état. Il m'a dit ce qu'il s'était passé. Qu'il avait tenté de te forcer et que ton frère était intervenu et l'avait battu.

— Ensuite ? exige-t-elle.

— Ensuite, nous sommes allés boire un coup. Et effectivement, il est reparti bourré. Je n'ai pas jugé bon de le ramener chez lui. Quand j'ai appris le lendemain ce qu'il lui était arrivé, j'ai paniqué… j'ai cru qu'on allait m'accuser. Mais jamais les policiers ne sont venus m'interpeller.

Cela peut être logique. J'ai eu la même réaction. J'ai cru qu'on allait me prendre pour la source de l'accident. Sauf que ce n'est pas logique qu'il m'ait accusé cette année et non avant.

Je resserre Amber contre moi. L'avoir ainsi me permet de ne pas chanceler. Même si Peter et moi nous sommes quittés en mauvais termes, il aurait pu m'en toucher quelques mots, me dire ce qu'il savait et me confier ses craintes. Déjà, cela m'aurait aidé à ne pas me prendre pour le coupable.

Ce que je pense est totalement stupide. Alors oui, je suis coupable. Si je ne l'avais pas battu, il n'aurait pas rencontré Peter et ne serait pas allé se bourrer avec lui. Il aurait pu éviter la voiture de son frère. Seulement, si on remonte plus loin. Rien de tout ça ne serait arrivé s'il n'avait pas décidé de s'en prendre à Amber. S'il l'avait lâché quand elle le lui avait demandé.

— Pourquoi m'accuser maintenant ? l'interrogé-je.

Il soupire et m'observe quelques secondes. Ses yeux marron me scrutent attentivement.

— J'ai reçu un message sur Facebook. On m'a dit m'avoir vu avec Charly dans un bar, bourrés comme des coins. La personne était anonyme, son compte était vide et tout juste créé. J'ai paniqué. Je me suis vu arrêté, alors que j'ai une femme et un petit. Je n'ai pas réfléchi. Pire, Amélie a commencé à me poser des questions sur la lettre il y a quelque temps... J'ai cru que c'était elle qui m'avait vu avec Charly...

Pourquoi dirait-il la vérité ? Parce qu'il ne veut pas perdre Holly. C'est probablement sa dernière chance pour qu'elle puisse rester avec lui. J'ai quand même un gros doute. Elle ne l'aurait pas quitté ainsi.

Tout a donc été mis au clair. Il a eu peur et a mal agi. Il pensait peut-être que mon patron allait appeler la police et que donc je serais inculpé à sa place. Fort heureusement, Stoke n'a pas prévenu les policiers !

Nous restons encore ici quelques heures, à discuter comme avant. Nous nous confions sur ce qu'il s'est passé. Je partage mes doutes en leur disant qu'il pourrait s'agir de Damien, le frère de Charly qui aurait envoyé le message à Peter.

Avec tout ce que j'ai appris aujourd'hui, j'ai littéralement oublié une chose qu'il s'est passée. Le message avec l'image d'Amber. Une fois mis sur table, Peter avoue qu'il me l'a envoyé après avoir récupéré mon téléphone auprès d'Amélie. Il n'y en a pas un pour récupérer l'autre ! Ils se sont vraiment bien trouvés, ces deux-là.

Je pourrais dire qu'on s'en sort bien, mais reste le plus important. L'annonce de nos fiançailles. Oh ! Je sens déjà que ça va faire peur à nos parents ! Ils vont se demander si nous sommes fous ! Là, je pourrai tout traverser, le temps que je suis aux côtés d'Amber. Ma future femme.

Chapitre 16

Main dans la main avec Nathanaël, nous nous rendons chez nos parents. Le petit est entre nous, souriant comme jamais. Il n'est pas au courant pour ce qu'il se trame. Sa réaction risque d'être amusante.

Nous passons le portail déjà ouvert. Je me suis posé pas mal de questions. Est-ce que je suis heureux avec eux ? Oui. Je ne souhaite rien d'autre à part passer du temps avec ma famille.

Nous avons pris plusieurs jours pour avoir le courage de leur dire. Ce n'est pas le genre de chose qu'on annonce à la légère.

Encore maintenant, je ne sais pas comment Amber n'a pas craqué avant. Avec tout ce que lui a fait Charly... Si j'avais été à sa place, je l'aurais tué de mes propres mains. Il faut croire qu'on paye toujours les conséquences de nos actes. Il l'a violé alors qu'elle ne l'avait jamais fait, puis l'a fait boire. Il l'a séquestrée pendant quelques jours, suivie, menacée et à nouveau il a retenté de la forcer. Il a finalement été puni.

Toutes ces inhumaines horreurs l'ont rendue plus forte. Sauf qu'Amber a toujours été forte. Elle n'avait pas besoin de ça ! Je suis toujours énervé contre lui, même s'il n'est plus de notre monde. Le connard au fond de moi est ravi de savoir qu'il est six pieds sous terre. Ce n'est pas bien, je le sais, mais comment pourrais-je le plaindre ? C'est impossible. Je suis sûr que c'est pareil pour Amber. La mort du garçon a été sa résurrection.

Dans la maison, nos parents nous accueillent tout contents. Je ne saurais dire si c'est juste de façade, puis après tout je m'en fous royalement ! Leur avis ne compte plus pour moi. Je leur suis reconnaissant d'avoir placé Amber dans ma vie, mais ils n'ont plus les cartes en mains, maintenant.

Nathanaël s'installe devant la télé. Son grand-père lui met une chaîne de dessin animé, alors que sa grand-mère lui donne de quoi grignoter. On pourrait croire qu'ils sont tous les deux ravis d'avoir quelqu'un de qui s'occuper. Je peux les comprendre. Ils sont seuls maintenant et n'ont plus d'enfants à élever.

Dans un silence de mort, nous gagnons la table du salon pour discuter. Notre mère a déjà préparé le goûter et a sorti pas mal de biscuits.

Ils ont déjà accepté, plus ou moins, notre relation, pourquoi ne pourraient-ils pas accepter une union ?

Jade fait glisser ses yeux sur Amber. Elle la détaille du buste jusqu'à la tête. Lorsque son regard s'arrête sur ses mains, mon cœur bat lourdement. Elle laisse échapper un cri d'étonnement en voyant la bague.

— Nous voulions vous l'annoncer, dit Amber en souriant. Gabriel... m'a demandé de l'épouser.

Comme un coup de massue, nos parents ouvrent la bouche, hébétés. Leurs épaules se sont relâchées. Ils nous regardent comme si nous étions fous.

— Attends, fait notre mère. Comment ça ? Tu ne trouves pas que ça va un peu vite ? Vous... cela ne fait pas longtemps que vous êtes réellement ensemble... Vous ne pouvez pas vous marier ! Si c'est pour le petit, c'est...

— C'est pour notre amour, la coupé-je. Rien d'autre. Si tu n'es pas contente, alors ne dis rien. Nous n'avons pas besoin que tu nous pourrisses aussi ça !

Mes mots sont crus et lui arrachent une grimace. Elle hoche de la tête et jette un coup d'œil à son mari.

— Gabriel a raison, siffle mon père. Ils ont fait leur choix. Nous n'avons rien à dire. Je te l'ai dit, mon cœur, tu ne peux plus te mêler de leur vie... Regarde plutôt le bon côté !

Elle lui lance un regard noir qui le déstabilise. Je retiens mon souffle. On pourrait croire deux ennemis prêts à se battre.

— Nos enfants couchent ensemble et veulent se marier !

— Mon fils et ta fille vont se marier, la reprend-il. Que ça te plaise ou non, c'est à eux de décider.

— Ce sont nos enfants ! s'écrit Jade.

Jade arque un sourcil. Par notre faute, ils sont en train de se disputer. Je tape sur la table pour faire cesser cette dispute inutile. Ils reportent leur attention sur moi.

— Se battre stupidement ainsi n'est pas utile, fais-je, sur un ton posé. Vous êtes nos parents, c'est vrai. Mais je croyais que vous aviez compris, que tu avais compris, Maman. Ton discours de la dernière fois était donc faux ? Tu dis des choses que tu ne comprends pas ? Si tu ne veux pas nous voir ensemble, alors tu ne viendras pas quand le mariage se passera. Tout simplement. J'ai décidé de bannir de ma vie ceux qui m'empêchent d'être heureux... Là, il n'y a plus que toi qui me gâches la vie.

Je me lève d'un coup. Ma chaise se renverse, mais je m'en fous complètement. J'attrape la main d'Amber et la force à se lever.

Rien ne s'est passé comme prévu. Elle ne peut pas nous comprendre. C'est bien beau les excuses. Sauf que si la personne n'est pas sincère, ça se sait à un moment et la confiance se perd.

Je tire Amber de force. Elle se lève, alors que mon père engueule Jade.

— Nathanaël, on s'en va, déclaré-je.

Le petit se tourne vers nous. Il descend du canapé et nous rejoins. Ses yeux bleus se posent sur ses grands-parents qui se sont levés. Il croise ses bras contre son torse.

— Vous êtes vraiment chiant ! lance Amber, furieuse. Gabriel a raison, depuis le début l'unique problème est maman. Personne d'autre.

C'est probablement une des rares fois qu'Amber ose dire quelque chose dans le genre. Sa main serre la mienne comme si elle cherchait mon support. Je la serre plus fort.

Jade se décompose. Elle bégaye plusieurs mots incompréhensibles. Amber est sa fille, elle l'aime plus que tout. Alors entendre ça de sa bouche la brise sûrement.

— Notre relation est légale, continue Amber. Tu nous vois peut-être comme tes enfants, mais tu n'as fait que m'adopter et tu t'es juste mariée avec le père de Gabriel. En aucun cas, nous n'avons le même sang. En aucun cas, nous ne sommes obligés de te prendre pour notre mère, alors que nous ne voulons plus de toi.

Ce que dit Amber serre mon cœur. Elle n'a pas tort au fond, sauf que je la connais bien, elle dit ça pour faire un électrochoc, ce qui marche très bien. Jade fond en larme et se blottit dans les bras de mon père. Ce dernier lance un regard ennuyé à Amber. Il n'est pas pour la méthode d'Amber. Pourtant, sa méthode a bien marché avec moi. Elle est brute et efficace !

— Je suis conne, se lamente Jade, en s'accrochant au cou de son mari.

— Mon amour, lui chuchote-t-il à plusieurs reprises.

Je me sens mal de la voir ainsi. Je ne voulais pas forcément la voir aussi attristée. Aujourd'hui, nous aurions dû annoncer nos fiançailles, pas briser notre famille. Il ne se passe jamais ce qu'il devrait se passer, comme si c'était le destin voulait que nous soyons séparés.

— Maman, souffle Amber. Je suis désolée...

Mes doigts s'entremêlent à ceux de ma fiancée. Je retiens ma respiration, attendant que l'un d'entre nous modifie la situation. Mes yeux glissent sur chaque personne présente dans le salon.

— Les adultes sont stupides ! s'écrit Nathanaël, en se mettant entre nous quatre. Vous vous faites du mal pour rien !

Je remercie intérieurement mon fils. Aurait-il un don de télépathie ? Ouh ! Non, merci ! Il risquerait d'entendre nos pensées avant et pendant nos ébats.

Nathanaël attrape la main de sa grand-mère et la main libre de sa mère. Mon père et moi échangeons un regard intrigué. Il n'a pas tort. Nous nous comportons comme des imbéciles. En même temps, comment faire autrement ? On ne peut pas laisser notre mère nous gâcher notre couple à nouveau !

J'ai baissé les bras une fois, je ne compte plus le refaire. J'aime profondément Amber. Plus que tout. J'ai tout remis plusieurs fois en question. Je me suis demandé si je faisais une grave erreur. Puis non. Que pourrais-je avoir de mieux que la personne que j'aime ? La vie aurait pu être plus simple, mais il en a été autrement. Là, nous pouvons prendre un nouveau départ et nous montrer à la vue de tous sans nous soucier des jugements.

— Maman, sifflé-je. Tu as un choix à faire. Un seul. Soit tu nous acceptes, soit non. C'est à toi de voir. Je sais que c'est dur. Je suis passé par là, mais en aucun cas je ne regrette mon choix. S'il fallait recommencer, je referais la même chose... enfin, je serais resté avec Amber dès le début. Je ne me serais pas caché dans les bras d'Amélie.

Amber pose sa tête contre mon épaule. Cela me procure un bien fou. Je pourrais tout affronter. Tout pour eux, ma famille.

Jade renifle et se décolle enfin de son époux. Elle hoche de la tête en signe de compréhension et m'observe plusieurs secondes.

— C'est encore un peu dur pour moi, mon chéri. Je ne pensais pas que tout ça irait aussi vite.

Elle essuie une larme qui roule sur sa joue en reniflant à nouveau.

— Je comprends, avoué-je. Ç'a été la même chose pour moi. J'ai dû réfléchir et tout remettre en place. Savoir ce que je voulais pour la suite de ma vie. Même si je vais commettre des erreurs, je serai avec ceux que j'aime, alors je suis content de mon choix.

— Oh ! s'exclame ma mère, en hochant de la tête. J'ai peut-être l'esprit encore un peu fermé... Je pensais pouvoir avoir une famille comme tout le monde. Des enfants, un gendre ou une belle-fille... Je m'étais fait plein de scénarios possibles. Me battant avec la belle-mère pour avoir le petit enfant pour les périodes de Noël. Alors que tout ça n'arrivera pas. Finalement, je serais la seule grand-mère à pouvoir garder Nathanaël !

Elle sourit en regardant le petit.

Moi aussi je dois dire un truc que nous avons caché à Amber. Une chose que j'ai toujours eu peur qu'elle découvre. Ce sont nos parents qui me l'ont annoncé quand j'étais en troisième. Ils avaient autant peur que moi de la perdre. Fort heureusement, les personnes se sont ravisées peu de temps après. Je sais qu'elle aurait aimé le savoir avant. Seulement, cela aurait signé l'arrêt de notre famille. Je ne voulais pas la perdre, ni nos parents.

— Amber, fais-je. Nous t'avons caché une chose très lourde. Je sais que je ne devrais pas, mais je ne veux pas la garder plus longtemps. Sache que nous ne t'en avons pas parlé de peur de te perdre...

Je zieute Jade et mon père. Ils me font un signe de continuer. Pourquoi est-ce à moi d'en parler ? Ne pourraient-ils pas le faire ? Je stresse. Elle pourrait nous en vouloir pour de bon.

— Il y a pas mal d'années, papa et maman m'ont annoncé un truc, avoué-je. J'étais en fin d'année de collège. Ils... avaient reçu un coup de téléphone d'une femme s'appelant, je crois, Coralie. Elle était la sœur de ta mère biologique appelée Audrey. Audrey... heu...

— Audrey Morel, continue Jade, avec une voix tremblante. Ton nom de naissance est Chloé Morel.

Je n'ose bizarrement pas examiner la réaction d'Amber. Malgré tout, je vois du coin de l'œil sa mâchoire se décrocher.

— Q... quoi ?

Sa main m'échappe. Je me fige instantanément. Non. Je ne veux pas la perdre.

— Cette femme voulait ta garde, annonce Jade. Nous avons discuté plusieurs fois jusqu'à ce qu'elle dise qu'elle ne pouvait finalement pas t'adopter... Elle était tombée enceinte. Nous aurions dû t'en parler...

— Nous avions peur que tu nous quittes pour la rejoindre, dit notre père. Nous avons été égoïstes... en ne pensant qu'à nous.

Amber se colle soudainement contre moi. Elle laisse échapper quelques sanglots. Nous lui avons empêché de voir sa famille. Je m'en veux. J'ai été le premier à refuser de lui dire, parce que je la voulais que pour moi tout seul. Je ne voulais pas qu'elle nous abandonne pour une autre famille.

— Chloé... chuchote Amber. Chloé Morel...

— Pardonne-nous de te l'avoir caché, dis-je.

Sa main s'agrippe à ma chemise. Elle serre le tissu entre ses doigts. Son visage se relève vers moi. Son souffle chaud caresse ma nuque, puis mon oreille.

— Je m'appelle Amber Campbell, déclare-t-elle, sur un ton ferme. Chloé Morel est morte le jour où j'ai fait partie de votre famille et où j'ai pu avoir le nom Campbell.

Malgré moi, je souffle de soulagement. Je me demande si la magie de Noël n'est pas toujours présente. Elle pourrait m'avoir offert cette nouvelle vie. Il y a un mois, j'étais en couple avec une certaine Amélie qui se foutait royalement de ma gueule. Puis, je me suis retrouvé seul du jour au lendemain. Le vingt-cinq décembre a changé ma vie pour de bon. Et pour le meilleur ! Moi qui avais horreur de Noël depuis la mort de ma mère et ma petite sœur, je sens que je renais. Je n'oublierai jamais celle qui m'a mise au monde. C'est grâce à elle que je suis là, rempli de joie.

Chaque choix peut avoir des conséquences plus ou moins lourdes. Parfois, on ne les voit pas forcément, et pourtant cela nous revient toujours dessus. J'avais fait le choix de prendre soin d'Amber jusqu'à la fin depuis que je suis enfant. Même si j'ai été absent pas mal de temps, que je l'ai laissé seule, je suis maintenant là. J'avais fait pas mal de choix que j'ai payé dans ma vie. Je voulais être gentil, faire confiance à toutes les femmes. Malheureusement, il y a certaines personnes qui ne le méritent pas. Il faut que je pardonne aux gens qui m'ont blessé. J'ai commis aussi d'horribles actes pour protéger Amber. Quand je l'ai dit à Damien, il m'a étonnamment pardonné. Je ne voulais pas lui parler, mais je me sentais obligé de le faire. Il méritait de connaître la vérité, même si elle est dure. Il devait savoir que ce n'était pas de sa faute, que j'étais en partie responsable. Moi qui m'étais attendu à ce qu'il m'arrache la tête, il m'a seulement regardé en me disant qu'il me pardonnait, si je le pardonnais pour ce qu'il avait tenté de faire à Amber. Les hommes ne sont pas forcément mauvais. Ce sont les sentiments qui les transforment. Soit en bonnes personnes, soit en mauvaises.

J'ai pardonné à ma mère pour ses propos. Pour avoir osé insinuer que nous ne pouvions pas être ensemble, que nous n'étions pas faits pour cela. Elle avait peur. Peur de voir ses deux enfants ensemble.

Jusqu'à présent, je n'avais jamais compris pourquoi elle n'avait jamais eu d'enfant avec mon père. Ce n'est que maintenant qu'ils nous ont révélé qu'elle était stérile.

Durant sa jeunesse, Jade sortait avec un homme. Il l'a larguée quand ils ont appris qu'ils ne pourraient pas avoir d'enfants. Son rêve était d'en avoir. Elle a choisi de travailler rapidement en tant qu'assistante sociale. Quand elle a vu Amber, elle a su qu'elle voulait cette fille, qu'elle voulait devenir sa mère. Au fond d'elle, Jade pensait qu'elle finirait seule. Elle a adopté Amber, puis a rencontré mon père quelque temps après. Là, elle est tombée amoureuse et s'est dit que ce n'était pas important qu'il ait déjà un fils. Jade m'a accepté.

J'aurais très bien pu refuser cette femme qui prenait le rôle de ma mère. J'aurais pu refuser Amber qui prenait la place de Laure. Mais je les ai acceptées. J'ai vu en elles ce que j'avais perdu. Une mère et une demi-sœur. Maintenant, je les vois comme ma mère et ma femme.

Épilogue

Huit mois et demi après

Je ne peux pas m'empêcher de sourire comme un con. Les derniers jours ont été éprouvants. Non seulement pour moi, mais aussi pour Amber. Je suis à la fois stressé et excité. Nathanaël et moi courrons à travers les couloirs pour arriver au plus vite. Je suis passé le prendre chez nos parents qui l'ont gardé depuis hier matin.

J'ai repris le travail et à côté j'ai commencé des démarches pour ouvrir ma propre agence. Amber avait aussi commencé les siennes pour sa boutique de parfums, jusqu'à ce qu'un petit détail change notre vie.

Hier, quand je suis arrivé à l'agence, Amber m'a appelé. Elle était totalement inquiète et me demandait de venir au plus vite. Julien Stoke n'a vu aucun problème à ce que je la rejoigne. Il ne nous a souhaité que du bonheur, puis je suis parti aussi vite que possible.

Nous arrivons à la porte. Je toque doucement et entends la voix d'Amber nous dire d'entrer. À l'intérieur, un grand sourire béat ne peut s'enlever de mes lèvres. Amber semble fatiguée. Elle se redresse et nous dit bonjour.

Tout d'abord, je nous fais nettoyer nos mains. Hors de question que nous transmettions nos microbes. Nathanaël s'approche doucement de sa mère, sans faire de bruit. Il lui fait un bisou sur la joue, avant de se retourner et d'observer ce qu'il y a dans le berceau en verre.

— Ça va, ma chérie ? demandé-je à ma femme.

Elle hoche de la tête et m'indique notre fille.

— Tout va bien, dit-elle.

— OK, nos parents voudraient passer cette après-midi. Je leur ai dit que je leur enverrais un message.

Je pose ma veste sur la chaise vide et viens me pencher sur Maud, notre petite princesse. Notre fille est dans un body rose avec un petit bonnet blanc. Elle dort paisiblement.

J'étais impatient de voir la réaction de Nathanaël. Il n'a jamais rien dit durant la grossesse de sa mère. J'ai eu peur qu'il n'en veuille pas. Après tout, il a toujours été seul et vient de retrouver son père. Il pourrait avoir peur que sa petite sœur accapare toute mon attention.

— C'est ma sœur ?

Nous hochons tous les deux la tête. Amber pose sa main sur l'épaule du petit et lui dit que, s'il veut, il pourra la prendre dans ses bras. Il n'émet qu'une réponse, se contentant d'examiner la petite à travers le verre.

— Je devrais sortir d'ici demain, m'annonce Amber.

— Super ! J'ai terminé la chambre hier soir.

— Cool. J'ai hâte de voir ça.

— Heureusement qu'on a eu le temps de bien la vérifier.

Je lui fais un clin d'œil. Ses yeux se lèvent au ciel. Nous sommes obligés de faire des sous-entendus pour ne pas que Nathanaël comprenne. Il ne manquerait plus que ça !

— Arrête ça tout de suite ! exige-t-elle.

— D'accord, soufflé-je, agacé.

Je prends ma fille dans mes bras. Je suis effrayé à l'idée de lui faire du mal.

— Papa, je peux lui faire un bisou ?

Lentement, je viens m'asseoir sur la chaise libre. Nathanaël marche doucement en pinçant ses lèvres. Il veut caresser le crâne du bébé, mais je l'en empêche en lui disant qu'il ne peut pas le toucher. Son bras retombe le long de son corps. Un grand sourire étire ses petites lèvres jusqu'à ce qu'il dépose un baiser sur la joue de Maud.

Amber et moi ne nous sommes toujours pas mariés. Peu après l'annonce de nos fiançailles, Amber a appris qu'elle était enceinte. Rapidement, nous avons pris la décision de garder l'enfant et de nous marier plus tard.

Amber a donc mis en pause ses recherches de travail. Elle l'a bien mérité. Après toutes ces années à travailler, elle pouvait au moins faire un *break*.

— Gabriel, passe-la-moi. Je veux la porter.

Nathanaël s'écarte et je me lève. J'apporte Maud à Amber. Elle sourit en voyant sa fille se réveiller. C'est là que je me dis que j'ai fait le bon choix. Pour une fois. Je ne pouvais avoir rien de mieux qu'eux dans ma vie. Oui, Amber m'a fait revivre le jour où elle est venue emménager chez mon père avec sa mère. Depuis toujours, je sais qu'elle a changé ma vie pour quelque chose de bon. Depuis toujours, je me suis senti vivant à ses côtés. Et j'ai été effrayé par ça, par mes sentiments pour elle. Je me suis refusé d'y croire. J'ai même succombé, puis nous ai séparés stupidement.

Amber glisse ses yeux sur moi. Elle me sourit légèrement.

— Monsieur Campbell a un problème ? m'interroge-t-elle.

— Ouais, toi.

Ses yeux se plissent. Je retiens ma respiration jusqu'à ce que je lui murmure rauquement à son oreille des mots qui la font frissonner.

— Je vous aime, Madame Amber Campbell.

Je dépose un baiser sur sa joue, puis sur ses lèvres. On toque alors à la porte de la chambre. Je m'écarte d'Amber pour aller ouvrir. Nathanaël vient s'asseoir sur le lit, à côté de sa mère.

Sous mes yeux se trouvent Holly, Peter et leur fils Timéo. Peter tient un bouquet de roses rouges et Holly un sac de courses. Il n'était pas prévu qu'ils passent la voir ici. Je les laisse quand même entrer, maintenant qu'ils sont là.

Nous sommes restés en contact. Non pas que nous sommes redevenus très proches, nous passons un peu de temps ensemble.

Pour ce qui est d'Amélie, l'appartement a été vendu. Elle s'est remise avec son mec avec qui elle me trompait. Je doute même qu'ils aient rompu une seule fois !

Nous nous saluons tous. Les femmes se mettent à parler et nous les observons en silence. On n'entend qu'elles en train de rire ou de commenter ce que fait la petite. On pourrait croire que Maud est devenue une attraction.

Nous n'osons pas les déranger. Nous prenons notre mal en patience. Quand Holly demande les détails de l'accouchement, je me crispe. Le regard amusé d'Amber se pose sur moi.

— Gabriel a pleuré, annonce-t-elle, fière d'elle. Il était très ému. L'infirmière a même cru qu'il allait s'évanouir !

Je ris jaune. Elle se fout ouvertement de ma gueule, même Peter s'esclaffe. Heureusement que nous ne sommes plus au lycée, il en aurait profité pour le dire à tout le monde !

— C'est bon, râlé-je. Pas de quoi en faire une galette.

— Oh, c'est bête, mais mignon de ta part, mon chéri. Tu n'es pas le premier à avoir pleuré lors de la naissance d'un enfant.

Je grimace. Mon côté mâle est touché au plus profond.

— Ne t'inquiète pas, tu vas payer dans les prochains jours pour cet affront, princesse.

Elle me sourit bêtement.

— Ah, et tu comptes me faire quoi ?

— Fait gaffe sinon je dis ce que tu caches à ta copine, lancé-je.

Elle semble réfléchir quelques secondes, puis éclate de rire. Elle ne me prend pas au sérieux.

— OK, tu l'auras voulu, grogné-je. Amber a des jouets pour femmes.

Elle rit de plus belle. Maintenant, Holly rit aussi.

— Holly en a aussi, me dit Peter, amusé. Tu croyais que c'était rare ?

Je grimace. Non, mais sérieusement ? Moi qui pensais que j'allais lui foutre la honte.

— Ouais, je croyais, marmonné-je.

Peter roule des yeux. J'observe Amber, Nathanaël et Maud. Ma famille. Je ne peux m'empêcher de sourire. Ils sont parfaits. Ils sont à moi. Je suis père de famille et j'en suis fier. Ça a été dur de trouver ma place. Entre le petit qui me testait quand Amber n'était pas là et les erreurs que j'ai faites... Pourtant, je m'en suis sorti. Certes, pour les courses j'arrivais à oublier des choses. Pour les habits du petit, les mélanges pouvaient être complètement étranges. Mais finalement, je m'en suis bien sorti. Je suis père, et future mari.

— Mon pauvre petit chou, fait Amber, sous un ton faussement empathique. Tu veux peut-être leur dire que tu aimes quand je t'attache.

Mes yeux s'écarquillent. A-t-elle vraiment dit ça devant les enfants ? Oui ! Bordel. Mais elle est folle ! Ils vont se demander pourquoi nous faisons ça !

— Bref, on change de sujet. Vous voulez un deuxième enfant ?

Holly et Peter hochent des épaules. Ils ne semblent pas savoir.

— Et vous, un petit troisième ? me demande Holly.

— Ouh là ! s'exclame Amber. Tout doucement hein. Je vous rappelle que Maud est née hier.

Je lui souris. Même fatiguée et avec des cernes, Amber reste magnifique. C'est ma petite femme à moi. Être avec la personne que j'aime est incroyable. Nous nous disputons rarement. Elle ne me fait pas de crises. Rien qui indique qu'elle serait malheureuse, parce qu'elle ne l'est pas. Même pour son travail, elle s'en est remise. Elle est vraiment très forte.

— Bon, et maintenant, vous allez faire quoi ? nous demande Peter.

Je hoche des épaules. Rien n'est sûr. Nous avons déjà emménagé dans une maison avec trois chambres, un petit jardin dans un endroit reculé de Lyon. Nous avons tout ce que nous voulons. Que pourrions faire de plus ?

— Nous allons trouver une date pour le mariage, répond Amber.

— Et la lune de miel, ajouté-je. Nos parents garderont probablement les enfants durant le mois pour nous laisser en profiter un peu.

Amber roule des yeux, peu convaincue.

— On avait dit pas de lune de miel ! fait-elle. Juste un mariage en petit comité. Rien de plus.

— Bah, il y aura une lune de miel. Je choisis l'endroit et ce n'est pas négociable.

— Stupide, souffle-t-elle.

J'esquisse un sourire. J'ai gagné. Elle ne pourra pas m'empêcher de réserver notre lune de miel. J'ai déjà une idée de l'endroit où on pourrait aller et de ce que nous pourrions faire. Un petit mois au soleil durant l'été de deux mille vingt-deux. Rien de plus beau. En attendant, il va y avoir les fêtes d'hiver qui arrivent dans trois mois, puis l'anniversaire de Nathanaël, celui d'Amber et le mien. Enfin, nous serons en été. Nous pourrions nous marier et partir tous les deux.

J'ai d'ailleurs un genre de surprise pour Amber. Je ne sais pas quand je devrais lui montrer, mais j'ai hâte. Il s'agit d'un local vide pour sa future boutique de parfums. Son rêve. Ce n'est pas l'argent qui la bloque jusqu'à présent, c'est sa confiance en elle et en les autres. Je suis certain qu'elle se demande si elle serait capable de gérer une boutique, si les gens l'aimeraient et reviendraient. Je connais la réponse et c'est un grand oui. Plus jamais elle ne travaillera pour quelqu'un d'autre !

L'ancien patron d'Amber est en prison. Ma vidéo a prouvé qu'il mentait. Il a tenté d'accuser ses employées de vouloir coucher avec lui pour avoir des postes haut placés. Comment peut-il encore se regarder dans une glace ? Si j'étais à sa place, je ne pourrais pas le supporter. Tenter de jouer avec son poste pour obtenir une nuit avec une femme ! C'est honteux. Malheureusement, il reste encore des gens comme ça dans le monde. Il y a ceux qui font du chantage, ceux qui forcent tout simplement, et fort heureusement il y a les types normaux. Ceux qui respectent les autres et qui se battent pour des causes justes.

Le monde ne changera pas comme ça du jour au lendemain, mais tant que je suis avec ceux que j'aime, j'affronterai tout. Pour eux.

Remerciements

Je remercie tout d'abord mes lecteurs de Wattpad de m'avoir suivie et lue. Ça fait un petit peu cul-cul de dire ça, mais c'est la vérité : sans vous je n'en serais pas là. Je pense à Mimi, Sandy et Jess.

Je remercie les Éditions So Romance. J'avais baissé les bras et, un merveilleux jour, j'ai reçu un appel qui a tout changé. Merci, sincèrement, de me donner cette chance d'être éditée.

Pour finir, je vous remercie d'avoir lu cette histoire.

Ne laissez personne vous dire quoi faire, quoi dire, avec qui être.

Soyez vous-même.

Avril

Vous avez aimé votre lecture ?
Découvrez les autres romans des éditions So Romance disponibles en format papier et numérique.

Je t'ai rêvée
Tome 1 : La clef
Yohann et Greg profitent de la vie en plongeant régulièrement dans un paradis artificiel grâce aux stupéfiants — tout l'inverse de leur sage amie Lena. Tous les trois se connaissent depuis longtemps et leur amitié est fusionnelle... Mais quand Yohann s'engouffre corps et âme dans l'amour, ce sentiment inconnu jusqu'alors pour lui, cet équilibre chavire, et les trois amis apprendront à leurs dépends que rien n'est jamais acquis, surtout en matière de sentiments...

Découvrez cette série qui compte actuellement trois tomes !

Autumn
Tome 1 : Mon coeur s'ouvre à ta voix
Lorsque le lieutenant Jay Ransom retourne dans l'état du Vermont, il ne s'attend pas à être aspergé de peinture rose par Autumn Hensley en guise de bienvenue. Frappée de mutisme, la jeune femme fréquente peu de gens. Irrépressiblement attiré par cette personnalité atypique, Jay s'impose avec panache dans l'univers d'Autumn et libère à son contact une part de lui-même jusqu'ici inexplorée. Mais le métier du militaire parviendra-t-il à protéger leur histoire de tous les dangers ?

L'Amant de Pénélope
Tome 1 : Sous le ciel de Grèce

Partir en Grèce pour une semaine de vacances ? Le paradis pour une passionnée des vases antiques, telle que Pénélope. Y retrouver sa soeur fraîchement mariée avec un jeune milliardaire ? Encore mieux. Cependant, Pénélope s'attendait à tout sauf à ce baiser grisant, volé par un inconnu dans les recoins sombres d'une bibliothèque... pour ensuite se rendre compte que cet inconnu n'est autre que l'archéologue qui l'accompagnera durant son périple. Un baiser peut-il vraiment tout changer ?

Don't say that I love you
Tome 1 : Amour défendu

Dans la famille Parks, tout le monde participe à l'entreprise familiale : les hommes sont stylistes, les femmes couturières. N'ayant qu'une fille, Soni, Clay Parks forme Drew, un jeune styliste, pour prendre sa suite à la tête de l'entreprise. Il le considère comme un fils. Difficile dès lors pour Drew et Soni d'assumer cette folle attirance qu'ils ont l'un pour l'autre... Autre détail : Drew a le double de l'âge de Soni. Toutefois, ils ont décidé qu'il ne se passerait rien entre eux, donc en théorie, aucun problème en vue... En théorie.

Pour en savoir plus
www.soromance.com

© Éditions So Romance, 2019 pour la présente édition

Lemaitre Publishing
159 avenue de la Couronne
1050, Bruxelles

www.soromance.com
ISBN : 9782390450702
Dépôt légal : D/2019/14.771/24

Maquette de couverture : Philippe Dieu
Photo : © Jasper Graetsch / Unsplash